中公文庫

密告の正午

赤川次郎

中央公論新社

目次

密告の正午

1　巡回

「だから何なのよ」

亜希《あき》のその言葉を聞くと、久美《くみ》はいつも苛々《いらいら》して来る。

誤解のしようがないくらい、はっきりと話してやったつもりなのに、分っていてか、それとも本当に分らないのか、亜希は、

「だから何なのよ」

と、訊《き》き返して来るのだ。

いや、正確には、訊き返しているわけではない。亜希の、その決り文句は、要するに、

「そんな話、聞きたくないわ」

という意味なのだから。

それでも、久美が辛抱強く、腹立ちを顔に出さずにいたのは、やはりいくらか後ろめたさがあったせいかもしれない。

「要するに」

と、久美は言って、〈アイスコーヒー〉というボタンを押した。「あなたとは会いたくな

いってさ」

ガタン、と音をたてて、冷たいコーヒーの缶《かん》が下の取出口に落ちる。

久美は、教科書を左のわきに挟《はさ》んで持つと、缶を取り出し、その冷たさに顔をしかめると、急いでハンカチを出して、缶をくるんだ。

これ、もうちょっと、どうにかなんないのかしら、と久美はいつも思う。いや、アイスコーヒーの缶が冷たいのは仕方ない。この開け方である。いつも手こずるのだ。

でも、まあ今日は割合楽に開いた。

「――分った、亜希?」

一口飲んで、久美が訊く。亜希は、ちょっと肩をすくめると、言った。

「だから何なのよ」


世間は、もう秋になっているというのに、大学のキャンパスにはまだ夏の空気が漂っていた。

九月の半ばで、まだ残暑というやつが日本列島に腰を据《す》えている。だから、夏といえば夏なのだが、働いている人間は、そういつまでも夏休み気分ではいられないので、暑さに顔をしかめながら、上衣《うわぎ》を脱いで腕にかけて歩いているのだ。

でも、ここ――私立のN大のキャンパスの中では、まだ「夏休み」。もちろん、後期はスタートしているのだが、学生たちはてんで勉強しようという気分じゃないし、教授の中にも、海外へバカンスに行って、まだ帰らないので休講という手合が珍しくない。

学生食堂は、もう昼休みの時間も過ぎたというのに、結構なにぎわいだ。冷房の効いたレストラン棟から、わざわざ暑い中へ出て行く気にもなれない、というのが学生たちの本音だろう。

「あいつ、まだフランスから帰らないんだぜ」

「何やってんだ、向うで？」

「知らねえよ。女の子、追っかけ回してんじゃねえのか」

男の子たちの話が、いやでも耳に届いて来る。

「どうする、これから？」

「ドライブしようぜ。お前、車、新しいんだろ」

「いいけど、お前にゃ運転させねえぞ。すぐどこかにぶつけてへこますんだから」

「OK。じゃ、みんな行くか？」

「男ばっかりかよ」

「誰か誘えよ。女、一人じゃだめだ。二人なら安心して来るだろ」

「がっかりして来ねえかも」

笑い声が上った。――フン、と肩をすくめると、

「だから何なのよ」

と、宮原《みやはら》亜希は呟《つぶや》いた。

もちろん、あんな連中は亜希の目には入らない。馬鹿《ばか》ばっかり揃《そろ》って！　ゼロはいくら足したってゼロ。

まあ、よくしたもんで、向うも亜希に声をかけたりはしないのだけど。——亜希は、一度、ああいう連中の誘いを、ピシャリと断ってやりたい、と思っていた。

「亜希」

ゴトン、と隣の椅子《いす》を動かして座った女の子が、「午後の講義、始まってるよ」

と、親切に教えてくれる。

「だから何なのよ」とは亜希も言えなかった。日比野見帆《ひびのみほ》に向っては。何しろ、見帆と亜希は中学校のころからの友だちである。それに、亜希がいかに不機嫌《ふきげん》でも、見帆の笑顔を見ると、つい笑みを返さないわけにはいかなくなる。それくらい、見帆は人なつっこくて、可愛《かわい》いのである。

「見帆は？」

と、亜希がぬるくなったコーラを飲んで、言った。

「休講。せっかく出て来たのに、講義をまともにしたのが一人だけよ！　いやになっちゃう。あのタヌキはビデオ見せて眠っちゃうし」

タヌキ、はもちろん教授のニックネーム。

「じゃ、もう帰るの？」

と、亜希は訊いた。

「帰れないんだ。ちょっと待ち合せてるからね。——しょうがない。図書館にでも行って居眠りしてるわ」

とか言って、図書館で居眠りなんかする見帆でないことは、亜希がよく知っている。

ただ、図書館へ行って本を読むとか、調べものをする学生なんか、めったにいないので、からかわれないためには、そんな風に言うしかない。

「亜希はどうするの？」

見帆が、ドーナツのパックを開けながら、言った。

「帰ろうかな。——面倒くさくなっちゃってね」

「何かあったの」

「お節介《せっかい》な奴《やつ》がいて」

「久美のこと？」

「何で知ってるの？」

「さっきチラッと見えたの。自動販売機の所で話してたでしょ」

亜希は肩をすくめた。

「人のこと、放《ほ》っといてほしいのよね」

「久美は自分勝手なとこ、あるから」

と、見帆は言った。「何だっていうの?」

「別に」

亜希は話したくなかった。誰だって、振られた話なんか、したくもないだろう。

でも、見帆には隠しておけないのだ。それに、見帆は、絶対に他人にしゃべって回ったりしない子だし。

「彼と別れろ、って話」

「何だ」

「簡単に言うのねえ」

と、亜希は口を尖《とが》らせた。

「例のヨットの男の子でしょ? 別れた方がいい、って言おうと思ってたんだ。あんなのただの馬鹿よ」

と、見帆にしては手厳しい。

「そうね」

「そう。久美はお似合いかもね。どうせ飾りになりたくって仕方ないんだから」

小柄《こがら》な見帆は、特に夏の薄着の時期には、ますますきゃしゃに見えて、ほっそりしている。高校生と見られることが多い。

亜希は、見帆に比べるとずっと背も高いし、体つきががっしりしているのだ。別に運動できたえたというわけではなく、生れつきなのだが、そのせいで、小学校、中学校、と体育の時間は逃げ出したかったものである。動きが鈍いというのか——まあ、必死で頑張《がんば》る、という気にもなれなかったのだが。

「見帆、誰と待ち合せ?」

と、亜希は言った。

「サークルの子よ。夏休み中の課題があって——」

見帆が言葉を切った。

ざわついていた食堂の中が、何となく静かになる。

警官が入って来たのだった。制服警官が五、六人と、私服の刑事が二人。

何も言わずに広がると、テーブルの間をゆっくり歩き始めた。学生たちの顔を、一つ一つ確かめるように眺《なが》めて行く。

誰も口をきかなかった。——BGMが、いやに場違いな明るい声で歌っている。

亜希は、コーラを飲み干した。——もう、気が抜けてしまっている。

刑事の一人が、亜希と見帆のいるテーブルのそばへやって来た。見帆は、ドーナツをゆっくりと食べていた。

刑事が見帆をしばらく眺めている。

「何か顔についてますか?」

と、見帆は言った。

「いや」

刑事は首を振って、「旨《うま》そうだな、と思っただけさ」

と言った。

「そこで売ってますよ」

見帆は、そう言って食べ続けた。――その刑事がちょっと顎《あご》でしゃくると、警官たちが引き上げて行く。

二人の刑事が、最後に食堂から出て行った。

少し間を置いて、またざわつきが戻って来る。――前よりは、ほんの少し、静かかな、とも思えるが、二、三分もたつと、もう何事もなかったようだ。

「――いやね」

と、見帆が顔をしかめた。「知ってる? この前なんか、講義中に刑事が入って来て、学生の顔をジロジロ見てったのよ」

「ああ。名取先生の時でしょ」

「そう。政府の研究依頼をはねつけたもんだから、いやがらせなのよね。大学も何も言わないし」

「そんなもんよ。今の学長なんて」

「情ないのは、次の講義から、出席する学生が半分くらいになっちゃったことよ。――私はもちろん出たけどね」

見帆の言い分は穏やかだが、やり切れないような怒りを抑えていることが、亜希にも分った。

そう。見帆は正義感が強いし、頑固なのだ。その辺は、亜希など、とても真似《まね》できない。

「あの講義にさ、亜希のヨットの彼も出てたのよ」

と、見帆は思い出したように言った。「そうだったんだ。夏休み前のことだったから、忘れてた。――後で会った時、言ってやったの。何で出なかったのよ、って」

亜希は、ちょっと興味をひかれて、

「何て言ってた？」

「だってさあ、あれで就職ん時に、不利になったら、困るじゃねえか」

見帆が、「ヨットの彼」の口ぶりを真似て、言った。その、舌っ足らずの、甘えた口調が、あんまりよく似ているので、亜希は吹き出してしまった。

「――何言ってんの、って、ひっぱたいてやろうかと思った」

と、見帆は苦笑した。「ま、放っといたけどね。亜希に、あんな奴、やめとけ、って言おうと思ってたんだ。良かったよ、あんなのと付合わなくて」

「そうだね」

と、亜希は言った。

でも——やっぱり亜希は傷ついていたのだ。「あんな奴」でもいい。久美なんかに取られるよりは、付合っていたかったのである……。

近くのテーブルで、さっきから女の子の話ばかりしていたグループが、何を言ったのか、突然、甲高い笑い声を上げた。

「亜希、出ようよ」

と、見帆が立ち上る。

「うん」

亜希も、うるさいのは嫌《きら》いだった。

ただ、見帆はパッと立って場所を変るか、でなければ、うるさい人間の所へ行って、

「静かにしてよ」

と言ってやるだろう。

亜希はそういうことはできない。じっと耳をふさいで、静かになるのを待っている、というタイプなのだ。

——レストラン棟は、N大学の中でも、ご自慢の建物である。

有名な建築家に、デザインを依頼した、ということもあるが、普通の学生食堂の他に、中華とか、和食、洋食、といったレストランが別フロアに入り、もちろん喫茶店、パーラーもある。値段はそれ相応だが、学生が結構高いレストランに入っていることもあった。

——まあ、大部分は、先生か、来客なのだが。

このレストラン棟が完成してから、N大は受験者数がふえた、というぐらいだ。今の学生たちにとって、大学もお洒落《しやれ》な「遊び場」の一つなのかもしれなかった。もちろん見帆のような例外もいるとしても……。

「暑いね、まだ当分」

と、亜希は言った。

暑いのは苦手だ。

「そうね。——亜希、帰る？」

「うん。いてもすることないし……」

「あら」

見帆が、足を止めた。

目に辛《つら》いほどの強い日射《ひざ》しの中、キャンパスの門の方から歩いて来た男が、見帆にちょっと手を振って見せた。

「——誰？」

亜希の知らない顔である。

「うん……。サークルのね。先輩なの」

と、見帆は言った。

「――やあ」

少し暑苦しい感じの、髪を長くしたその男は――「男の子」という感じじゃなかったのだ――見帆に笑いかけた。「早く来ちゃった。用事が済んで、いる所なかったんだ」

「私も休講で。ちょうど良かった。図書館で時間潰《つぶ》そうかと思ってた」

「大学へ来た方が涼しいからな、クーラー入ってて」

「そうね」

亜希は、ここで退場すべきだと分っていた。

――じゃ、またね、と見帆に一声かければ、それでいい。

でも、そうしなかった。見帆とその男が、話しているのを、見ていたのである。

見帆が、チラッと亜希を見た。――ほんの少しだが、見帆は迷っていた。彼を亜希に、あるいは亜希を彼に、紹介したものかどうか、と。

「この子、いつも話してる、宮原さん」

と、見帆が、屈託なく言った。

「ああ、中学から一緒っていう」

「そう。――大高雄治《おおたかゆうじ》さん」

「こんにちは」

と、亜希は言った。

「どうも」

と、大高雄治は言った。

大高雄治か。――人の名前をすぐ忘れてしまう亜希が、その名をすぐに頭の中でくり返した。

見帆が、少しためらってから、

「じゃ、亜希、またね」

と、言った。

「うん」

むしろ、亜希はホッとした。「さよなら」

「また明日」

見帆は、そう言って、微笑《ほほえ》んだ。まるで埋合せ、とでも言うように。

見帆は、大高雄治を促すようにして、歩き出した。二人の歩調は、ごく自然に揃っている。一緒に歩き慣れた感じだった。

ぼんやりと見送っていたのは、なぜだろう？　亜希自身にも、よく分らなかった。

この暑い中で。早く正門を出て、日かげに入ればいいのに、と思いながら、見送っていたのだ。

すると、見帆が、何か落としたのか、足を止めて、身をかがめた。大高雄治も足を止め、それを見てから——亜希の方を振り向いたのである。

亜希は、自分でもびっくりするほど、たじろいで、あわてて背を向けると、歩き出していた。

2 集会

「亜希なの?」

と、母の声が、玄関を上ろうとする亜希の耳に届いて来た。

他に誰がいるっていうのよ、全く!

返事をするのも面倒で、亜希は黙って居間に入って行った。

「ああ、びっくりした」

と、母は、ちっともびっくりしていない様子で、「返事ぐらいしなさい」

「玄関の鍵《かぎ》、またかけ忘れてたよ」

と言って、亜希は、ソファに引っくり返った。「──暑い」

「何よ、スカートがめくれて……。もう十九でしょ」

「だから何よ」

母親の方が、いつも、よっぽどあられもない格好で引っくり返っているのだから。四十代も半ばになって。

「──出かけるの？」

亜希は、目をつぶって訊いた。

まあ、それは母の格好を見れば分る。

年齢に似合わない、派手なスーツなんか着込んで。もう、暑くて真赤になっている。

大体、亜希に似て、母の朱実《あけみ》は大柄である。前はただ大柄だったのだが、今は太ってもいる。

「〈G5〉の集まりがあってね」

「好きねえ」

と、亜希は言った。

「仕方ないでしょ。お引き受けした以上は」

「まあ、頑張って」

「ここんとこ、お隣の〈G4〉が、放火犯を捕まえたりして、頑張ってるの。こっちも、しっかりやらないと。——夕ご飯、帰ってからでいいわね」

「何時ごろ?」

「遅くても八時には」

「死ぬ」

と、亜希はため息をついた。

「いいでしょ。お腹空《なかす》いたら、何か食べててよ。ね」

「分ったよ」

亜希は、眠くなって来た。「——秀治《しゆうじ》の奴は?」

「クラブだから、八時前には帰らないわ」

「そうか。——じゃ、ごゆっくり」

「葉山《はやま》さんが迎えに来るはずなのよね。——あ、きっとだわ」

ちょうど、チャイムが鳴った。

母の朱実が、ハンドバッグを手に、

「じゃ、行って来るわね」

と、あわただしく出て行く。

「玄関の鍵……」

と、亜希は呟いた。

葉山さんという、朱実の三倍ぐらいのスピードでしゃべるおばさんの声が玄関の方から聞こえて来て、すぐに遠ざかった。

――鍵をかける音はしなかった。

しょうがないなあ……。亜希は、ソファから立って、欠伸《あくび》しながら、玄関へ行き、鍵をかけた。

最近は物騒だ。ちゃんと鍵ぐらいかけておかないと。

散弾銃で、家の人間を皆殺しにして行く強盗というのが、このところ、五、六件も続いて起きている。車を使った犯罪だから、もう昔のように、その近所だけが気を付ければいい、というわけではないのだ。

家に一人でいた小学生の女の子が、強姦《ごうかん》された、とかいう記事が、今朝の新聞にはのっていた。外ならともかく、家まで上って来て――。

今の小学生は発育もいいし、女っぽい体つきになっているけど、それでも、まともな暴行（というのも変だが）じゃないから、怖い。

ちょうど少し前のアメリカで、暴力事件――それも信じられないようなスケールの大量殺人とかが、何度も起ったのと、よく似ている。銃の所持が、日本では認められていないこと、麻薬の類《たぐい》が、アメリカほど広がっていないこともあって、日本はまだそこまで行っていないとしても……。

亜希は、居間のクーラーを、少し強くした。母は寒がりで、あまりクーラーを入れたがらない。そのくせ、フーフー言っているのだ。

亜希の父、宮原一馬《かずま》は、大阪にいる。単身赴任というやつで、もう三年になる。初めのころは週末ごとに帰って来ていたが、最近は、年に二、三度。お盆休みと、正月休みにまとめて帰っているぐらいだった。

朱実が、あまり家にいないので、週末に帰って来ても、面白くないのだ。

「――何かやってないの」

TVをつけて、亜希は、ぼんやりと眺めていた。

――母が今出かけているのは〈G5〉の用事。〈G〉というのは、何だかよく分らないが、たぶん、ガードのGなのだろう。

町の「自警団」みたいなものだ。区をいくつかのブロックに分けて、〈G1〉から〈G6〉、〈G7〉くらいまである。母は、〈G5〉の役員の一人だ。

以前から、町会の役員とか、母はよくやらされていた。そういうことが得意というわけではないのだが、頼まれると断れない、という性格のせいもあるのだろう。

すぐに押し付けられてしまうのである。

――それにしても……。つまんない番組ばっかり。

またソファに横になっていた亜希は、いつの間にか、眠り込んでしまっていた……。

——え？　何？

目を開いた亜希は、自分が眠っていたことに、初めて気付いた。

「電話だ」

電話が鳴り出して、目が覚めたのだった。

亜希は、頭を振って、TVがつけっ放しなのに気付いた。消そうとしたが、リモコンがない。

ともかく——急いで電話に出た。

「——宮原です」

「宮原さんのお宅ですね」

事務的な女性の声が言った。

「はあ」

「K学園ですが、秀治君のお母様ですか？」

「いえ、姉です」

「秀治君が、クラブの練習中、ちょっとけがをしまして。手当はすんでいますが、一応迎えに来ていただけますか」

「あの——分りました」

亜希も、さすがにちょっとあわてた。「あの、けがはどんな——」

と言いかけた時には、もう電話は切られてしまっていた。

「——参ったな」

仕方ない。秀治は今、十七歳。高校二年である。

サッカー部に入っていて、毎日練習で遅く帰って来る。このところ、大きな試合が近いとかで、練習もきつかったようだ。

どうしよう？——亜希は迷った。

一人で迎えに行ってもいいが……。

時計を見ると、もう七時半になっていた。K学園は、電車で三つほど先の駅にある。迎えに行って、戻るまでには、一時間近くかかるだろう。

——途中、〈G5〉の会合を開いている集会所に寄って、母に声をかけて行こう、と思った。

財布を持って、家を出る。さすがに、もうこの時間は外も暗い。

ちゃんと鍵をかけて、歩き出した。昼間の暑さは、まだ漂っていたが、それでも歩くのが辛い、というほどではない。

駅まで、歩いて十分ほど。その途中、団地を通り抜ける。その中に集会所があった。

入口の所に、二、三十人分の靴《くつ》がズラッと並んでいた。女物がほとんどで、男物はせいぜい二、三足。

恐る恐る中を覗《のぞ》き込んだが、誰かの話を聞いている所らしい。——母の姿を、目で捜してみた。

「——何か？」

と、役員らしい女の人が一人、亜希に気付いてやって来ると、低い声で訊いた。

「宮原ですけど……。母はいますか」

「ああ、宮原さんの？——待ってね」

母は割合近くに座っていた。

すぐに席を立って来ると、

「どうしたの？」

「今、学校から——」

亜希が手早く説明すると、母は、困ったように、

「そう……。次、お母さんが話す番なのよ。困ったわね」

「行って来るよ。ただ、知らせとこうと思って」

「そう？」

「大したことないみたいだし」

「じゃ、タクシーで帰って来て。お金、あげるから」

「うん」

母が、席へ戻ってバッグを取って来る。

その間、亜希は、ぼんやりと会場の中を眺めていたが……。

ふと、目が、会場の隅《すみ》に、寄りかかって立っている男に止った。どこかで見たような男だった。

「——じゃ、これ」

と、母が千円札を何枚か亜希に渡した。

「うん。ね、お母さん、あの人、誰？」

と、亜希は、隅に立った男を指さした。

「ああ、あの方。警察の方よ。時々、この会合を見に来られるの」

そうか。——思い出した。

昼間、大学の学生食堂に入って来て、見帆と言葉を交わしていた刑事だ。

見ていると、向うも亜希の方を見た。——おや、という顔になり、しかし、さすがにすぐに分ったようだ。

「じゃ、頼むわね」

母が、亜希の腕を軽く叩《たた》いて、席へ戻って行った。

亜希は、集会所を出た。靴をはいていると、拍手が聞こえて来る。次は母が立って、話をするのだろう。

歩き出すと、

「——君」

と、呼び止められる。

振り向くと、さっきの刑事である。

「はい」

「大学で会ったね」

と、その刑事も、靴をつっかけて、やって来た。

「そうでしたね」

「君のお母さん？」

「大学にいたのは違います」

と言うと、刑事は笑った。

「僕は永沢《ながさわ》というんだ。君は？」

「どうしてですか」

「いや、訊いただけさ」

亜希は、ちょっと肩をすくめて、

「宮原です」

「あの娘《こ》とは仲がいいの？」

「あの娘って？」

「大学の。――日比野見帆さ」

見帆の名前を知っているのにびっくりした。

「昔からの友だちです」

「そうか。――頭のいい子だね」

「ええ」

亜希は肯《うなず》いて、「行っていいですか。急いでるので」

「ああ、ごめん。引き止めるつもりじゃなかったんだよ」

と、永沢という刑事は言った。「行ってくれ」

「じゃ」

と、歩きかけると、

「また会いたいね」

と、永沢が言った。

――誰が。

歩き出して、亜希は呟いた。誰が会いたいもんですか、って……。

亜希は、足を早めた。

3　暑い葬送

どこへ行けばいいんだろう？

K学園へやって来たものの、亜希は、校舎の前で、うろうろしていた。

もちろん、すっかり暗くなっているし、学校にも誰もいない様子だったのだ。受付の窓口を叩いてみても、何の返事もないし……。

迎えに来い、と言っといて、何なのよ、本当に、と亜希はブツブツ言いながら、広い正面玄関から入って、適当にその辺のスリッパを出してはきかえると、上ってみた。

K学園に来たのも、これが初めて。――いや、秀治の入学式の時、母と一緒に来たことはあるが、講堂だけしか入らなかったので、秀治の教室やロッカーがどこなのかも知らないのである。

けがをしたっていうから、保健室にでもいるのだろうか。もちろん、その保健室がどこにあるのかも、亜希は知らない。

――人気《ひとけ》のない学校というのも、あまり気持のいいものではない。学校というのは、いつもザワザワとにぎやかで、何となく落ちつかないものなのかもしれない。

でも――ともかく、ここに突っ立っていても、どうにもならない。

電話をくれたのは誰なんだろう？

すると、そこへ、

「何かご用？」

突然声をかけられて、亜希は飛び上るほどびっくりした。

いつからそこに立っていたのか……。ひどく旧式な白衣をはおった女性が、少し離れた所に立って、亜希を見ていた。

スマート、というのを通り越して、やせぎすな印象の女性だ。三十代も、半ばは越えているように見えた。

男みたいに、短く髪を切っているのと、まるで化粧っけのないせいで、余計に老《ふ》けて見えるのかもしれない。

「あの……学校の方から呼ばれて来たんですけど」

と、亜希は言った。

「誰に会いに？」

と、少し太い声で、その女性は言った。

「よく分らないんですけど……。あの……弟がけがをしたから、迎えに来てくれ、と言われて」

その女性が、ちょっと眉を上げた。

「あなたが？　じゃ、宮原君のお姉さんなの？」

「そうです」

「お母様は？」

「ちょっと会合に出ていて――あの――」

「じゃ、こっちへ」

その女性は、さっさと廊下を歩き出した。亜希は、あわててついて行った。

「私は校医の平川真知子《ひらかわまちこ》」

と、歩きながら、ちょっと振り返って、「あなた、いくつ？」

「十九です」

「大学生？」

「二年です」

「そう」

――話は途切れた。

どんどん大股《おおまた》に歩いて行く平川真知子について行くのは大変だった。

「あの――弟はどこですか」

と、亜希は言った。「病院とか、連れてった方が……」

言葉を切ったのは、すぐ先に、〈保健室〉という札が見えたからだ。そこには明りがついていた。

平川真知子が開ける前に、中から戸がガラッと開いた。

「平川先生」

「宮原君のお姉さんです」

と、平川真知子は言った。「サッカー部の顧問の長沼《ながぬま》先生」

背はそう高くないが、胸の厚い、いかにもスポーツマンらしい体格、少し頭が薄くなっているが、まだ三十そこそこだろう、と思えた。

「どうも、お世話になっております」

と、亜希は頭を下げた。

こういう挨拶《あいさつ》とかは、本当は苦手なのである。早く秀治を連れて失礼したい、と思った。

「いや、どうも……」

と、長沼は、少し戸惑ったように、「ええと……お母さんは？」

「母はちょっと会合に出ていて、来られないので」

と、亜希は説明をくり返した。

「そうか。まずいな……」

と、長沼は目をそらした。「お母さんに来てほしかったんだけどね」

「電話の方が、特に何もおっしゃらなかったんで」

と、亜希は言った。「弟のけがは……」

「ちゃんと、親を呼んでくれ、と言ったのにな、全く……」

長沼は顔をしかめて言った。

トレーナーを着込んだ長沼はどこか汗くさかった。

「仕方ないでしょう、長沼先生」

と、平川真知子は言った。「お母様に連絡は取れる？」

「はい」

と、亜希は肯いて、「そろそろ家へ帰ると思いますけど」

「そう」

長沼が、平川真知子の方へ寄って、何か低い声で言った。平川真知子は、

「その話はさっき……」

「分ってますよ。でも、これはやっぱりね……」

「私は――」

何やってんだろ？

亜希は少し苛々《いらいら》して来た。勝手に入って、秀治を連れて帰ろうかしら。

すると、また保健室の中から、誰か出て来た。――秀治かと思ったが、それは意外な人

間だった。

「お世話様です」

と、その制服の警官は、平川真知子と長沼の方へ、ちょっと敬礼した。

その様子は、どことなく滑稽《こっけい》だった。

「あの――」

と、長沼が言いかけると、

「特に、問題はないと思いますが」

と、警官は言った。「一応、報告はしておきませんと」

「それはもう……」

と、平川真知子は言った。「病院に連絡を取ります」

亜希はドキッとした。――病院？

そんなにひどいけがなのだろうか。それになぜ警官がいるんだろう？

「万一、検死の必要がある、ということになれば、また……」

と、警官は言って、「では、失礼します」

と、足早に歩いて行く。

検死？――検死っていったのかしら、今の人は。

何の話をしてるんだろう？

「弟に会いたいんですけど」

と、亜希は言った。

平川真知子が、亜希へ歩み寄ると、

「中へ」

と、肩に手をかけて、促した。

保健室の中は、薬の匂《にお》いがした。——明りは、奥の方だけが点《つ》いていて、奇妙な明るさを感じさせた。

「宮原君は、ゴールに強く頭を打ちつけてね——」

と、平川真知子は言った。「ここへ運び込まれたの。その時は、結構元気で、すぐにもグラウンドへ戻る、と言うのを、無理に寝かしたくらいなのよ」

明るい光の下、固そうな小さいベッドに、弟は横になっていた。——全く、身動きもせずに。

「私も心配しなかったの。おとなしく寝てるように言って、用を済ませて戻ってみると……」

平川真知子は、息をついた。「もう、心臓が停止してから、ずいぶん時間がたっていたわ。手の施しようもなくて……」

亜希は、ポカンとして、弟を眺めていた。——少し青白い以外、秀治は、眠っているとしか見えなかった。

いや——眠ってるんだろう。きっと、そうだ。

小さいころから、人をびっくりさせたりするのが好きな、明るい子で、ふざけたことの嫌いな亜希を、よく怒らせたものだ。

「秀治。——秀治」

亜希は、歩み寄ると、腕をつかんで、揺さぶってみた。

何の反応もなかった。

「亡《な》くなってるのよ」

と、平川真知子が言った。「お気の毒だわ」

亜希は、ゆっくりと振り返った。

あの、長沼という顧問の教師が、いつの間にか姿を消しているのに、亜希は気付いた。

「弟は——死んだんですか」

自分がそう訊いているのが、何だかひどく奇妙に聞こえる。

そんなセリフ、小説かマンガの中でしか使わないいんじゃないの？　この現実には、どうにも似合わない……。

「ええ」

と、平川真知子は肯いて、「病院へ一応運んで、死亡証明を……。お父さんはいらっしやる？」

「仕事で、大阪にいます」

「じゃ、ともかく、お母様に連絡を」

「はい……」

「ここに電話があるわ」

と、平川真知子は、机の方へ歩いて行き、電話のボタンを押した。

母に……。母に何と言えば？

受話器を手にして、亜希は、自分の家の番号を、なかなか思い出せなかった。


「——亜希」

振り向く前に、分っていた。

妙に同情しているようでなく、といって場違いに明るくもない声で、呼んでくれるのは、見帆だけだ。

「見帆。——休んだの、講義？」

と、亜希は言った。

「当り前じゃない！」

と、日比野見帆は少し強い口調で言った。

「可哀《かわい》そうに、秀治君……。ひどいよ」

見帆の目は赤かった。

——秀治の葬儀の日は、ひどく残暑がきびしくて、黒い服を着ているのは楽ではなかった。

「うん」

と、亜希は肯いて、「まだピンと来なくてさ」

「お母さん、大丈夫？」

「ボーッとしてる。父もね」

「ご焼香して来るわ」

「うん」

見帆は、玄関の所で、亜希と会ったのだった。亜希は、よく秀治のことを可愛《かわい》がってくれた、叔父を送りに出て来たのだ。

見帆は、黒いワンピースに、白のハンカチを握りしめていた。

亜希が席に戻ると、母の朱実が、

「どこに行ってたの？」

と、とがめるように言った。

「叔父さんを、送って来たんじゃない」

お送りしなさい——と母が言ったのだ。

「ちゃんと座ってなきゃだめよ」

母は、亜希の言うことなど、耳に入っていない様子だ。亜希は、逆らわないことにして、座った。

暑い。——汗が背中を伝って落ちた。

見帆が、焼香して、母の方へ向くと、

「残念です。本当に」

と言った。

頰《ほお》を涙が伝って落ちた。——見帆は、昔からの付合いなので、秀治のこともよく知っているのだ。

秀治も、見帆のことを従姉《いとこ》ぐらいのつもりでいたようで、

「姉さんよりよっぽど優しいや」

と、よく亜希に憎まれ口をきいていたものだった。

「ありがとう、どうも——」

母は、ほとんど機械的に頭を下げている。

亜希は、見帆に向って、黙って首を振って見せた。——母は、見帆のことも分っていないのだ。

見帆はハンカチで涙を拭《ふ》くと、もう一度頭を下げて、退《さ》がって行った。

亜希は、席を立って、見帆について、一旦《いったん》外へ出た。

「――ごめんね。全然だめなの」

と、亜希は言った。

「当然よね。あんなに若かったのに」

亜希は、ごく自然な、見帆の涙を見て、少し気恥ずかしかった。――自分は、ほとんど泣いていない。

もちろん、ショックだったし、悲しいはずだが……。でも、ショックの方が大き過ぎたのかもしれない。

「私――秀治君から、話を聞いてたの」

と、見帆が言った。

亜希はよく分らなかった。

「何のこと?」

「クラブのことよ。亜希には言いにくかったんじゃないかな。サッカー、もう、やめたいって」

「初めて聞いた」

「お母さんに言わないで。悔むでしょうからね。――顧問の先生が、ひどくきつい練習をさせたみたいよ。あんなにしごいても、疲れるだけだ、って、秀治君、言ってた」

「いつ、そんな話してたの？」

「夏休み。──合宿で、ほとんど潰れたんでしょ」

「うん。でも、家じゃ普通にしてたから」

「気のやさしい子だものね」

と、見帆は、上を向いて、涙をのみ込むように、「あなたには言わないでくれって……。私、迷ったんだけど、秀治君と約束してたから。──今思うと、話すべきだったわね」

「あいつ……。私には何も言わないで」

と、亜希は言った。

「──その顧問って、来てる？」

と、見帆は訊いた。

「さっき、確か……。あ、あれだ」

亜希は、道の向う、平川真知子の少し後ろに、うんざりしたような顔で立っている長沼に気付いた。

「あの女の人の──」

「そう。女医さんよ。その後ろの人。いやいや来たって顔してるね」

「見てて」

見帆は、道を大股に横切って、平川真知子たちの方へ歩いて行くと、「秀治君のいたクラブの、顧問の先生ですね」

と、周囲に聞こえる大きな声で言った。

「この——長沼先生よ」

と、平川真知子が、わきへ寄る。

「そうですか。ちょっと——」

「何だい？」

と、長沼はうるさそうに言った。

「すぐすみます」

と言うなり、見帆が平手で長沼の顔を思い切り叩いた。

大きな音がして、周囲の人が一斉《いっせい》に振り向いた。長沼は愕然《がくぜん》として、打たれた頰を押えて目を丸くしている。

見帆は亜希の方へ戻って来て、

「手が痛い」

と、手を振った。「よっぽど皮が厚いのね、あの人」

亜希は、涙が出て来るのを感じて、びっくりした。見帆みたいな友だちは他にいない、と思った……。

「——失礼」

と、声をかけて来た男がいる。

「はい」

亜希は涙を拭《ぬぐ》って、その男を見た。

「憶《おぼ》えているかな」

と、背広姿のその男は言った。

「刑事さん……」

「永沢だ。取り込み中、申し訳ないね」

「いいえ。——何か？」

「ご両親にお会いしたい」

「中に……」

「失礼するよ」

永沢は、中へ上って行った。

亜希と見帆は顔を見合わせた。

——何だろう？　亜希は、永沢の後から、家の中へと入って行った。

亜希は、永沢が、父を部屋の隅へ連れて行って、話しているのを、見ていた。

父は、何かひどくびっくりしている様子で、顔を真赤にしている。

「――あの人、知ってるの？」

と、見帆がやって来て、言った。

「母の出てる集会で、見たことあるの」

と、亜希は言った。

「〈G5〉の？」

「うん……」

そういえば、あの刑事、見帆のことを知っていた。――どうしてだろう？

永沢が、父と一緒に、家の外へと出て行った。亜希たちも、急いでそれについて行く。

――外へ出ると、永沢は、真直ぐ、長沼の方へ歩いて行って、

「長沼さんですね」

と、声をかけた。

「はあ……」

「警察の者です。ちょっとお話をうかがいたいのですがね」

長沼は青ざめた。

4　匿名《とくめい》の手紙

一週間して、亜希は大学へ行った。

もちろん、大学はどこも変りがない。しかし、亜希の目には、何だか初めて見る世界のようだった。

家族が一人欠けることの意味を、今、やっと感じ始めているのかもしれない……。

「亜希！」

見帆が走って来た。

「やあ」

と、亜希は見帆の手を軽く握った。

「大変だったわね」

「TVやら新聞やら来て、でもおかげで、母はしっかりしたみたい」

と、亜希は言った。

――長沼が、高校生には過酷にすぎる訓練を強《し》いていたこと、加えて、下級生をかばった秀治を、長沼が殴りつけて、それで秀治は頭を強打したのだということが、警察の調べで分ったのである。

長沼は逮捕され、「高校でのスポーツのあり方」をめぐって、あちこちに記事が出た。

「でも、あのままで終らなくて、良かったね」

と、見帆は言った。

「そうよ。うちの母なんか、今会ったら、きっとあの長沼ってのを殺してるね」

と、亜希は言った。

「私だって、やりかねない」

二人は、肩を組んで、講義棟へと歩いて行った……。

「——ね、亜希」

と、昼休み、学生食堂で、見帆が言った。

「うん？」

「あの永沢っていう刑事、お母さんの仕事と関係あるの？」

「さあ」

亜希は、ハンバーガーを食べながら、「〈G5〉の集会に、よく来てるみたい。どうして？」

「ううん」

見帆は、首を振って、「ただ……ちょっと不思議」

「何が？」

「永沢って、公安の刑事なのよ」

「公安？　見帆がどうして知ってるの？」

「大学によく来るわ。学生の集会とか、勉強会、講演会なんかにも、ちょくちょく顔を見せてる」

「へえ……」

「その公安の刑事が、どうして秀治君の事件に出て来たのかな、と思って……。まあ、あの教師を逮捕したのは、正しいと思うけどね」

亜希は、ちょっと首をかしげて、

「よく分んないけど……。母のことを知ってたせいもあるかもしれないわね」

「そうね」

と、見帆は、コーヒーを飲んだ。「――お父さんは、もう……」

「うん。大阪へ今日戻ったわ。そう休めないんでしょ」

「仕事してた方が、気が紛れるかもしれないわね」

見帆は、ちょっと腕時計を見て、「あ、そうだ。大高君に電話しなきゃ」

「大高君って、いつかの？」

「そうよ」

「あの時は、『大高さん』だったよ」

と、亜希が言ってやると、見帆は少し赤くなって、

「そうだっけ?」

と言って、立ち上った。「じゃ、後でね。——もしかしたら、先に帰るかも」

「うん」

「お母さんによろしく」

見帆は、急ぎ足で食堂を出て行く。

亜希は、ゆっくりと食事を続けた。——食事っていうほどのものでもなかったが。

見帆は、あの大高という男に恋してるらしい。

見帆は、以前からよく恋をしている。情熱的で、燃え上ると突っ走るタイプだ。

そんな姿が、また見帆にはよく似合うのである。

亜希は……。見帆のことが羨《うらやま》しかった。

大高雄治。——その名前は、思いもかけない時に、ふっと浮かんで来たりした。

「ただいま」

と、玄関を入った亜希は、家の中が暗いので、戸惑った。「——お母さん」

出かけたのかしら？　まさか……。

居間へ入って明りを点《つ》けた亜希は、テーブルに、メモを見付けた。

〈G5の用で、出かけます。夕ご飯には帰ります。母〉

「呆《あき》れた」

と、亜希は呟いた。

息子が死んで、一週間しかたたないっていうのに。もう早速……。

少し腹が立った。

もちろん、考えようによっては、〈G5〉だろうと何だろうと、忙しくしていた方が、気が紛れるかもしれない。——父と同じように。

しかし、亜希の気持としては、もう少し母が、弟の死を悼《いた》んでいてくれてもいいような気がしたのだ。勝手な理屈かもしれないが。

まあ、自分は大学へ行ってるのだから、別に母が出かけて悪いとも言えないが……。

仕方ない。——何か冷たいもの。

冷蔵庫を開けて、コーラを出し、グラスに入れていると、玄関の方で、コトッ、と音がした。

何だろう？　もう帰って来たのかしら。

玄関へ出てみると、ドアの隙間《すきま》から、入れたらしい、白い封筒が落ちていた。

拾ってみると、あて名は、〈宮原一馬様〉となっている。

父あてだ。でも——差出人も書いていない。

郵便ではなく、直接入れて行ったのだ。

「何だろ」

と、すかして見たりしながら、台所へ戻り、コーラを飲みながら、少し迷って……。

封を切ってみることにした。

手紙。——出してみて、眉を寄せた。

妙な字だ。真四角な、定規を当てて、書いたような、どこかいやな字だった。

活字でなく、手書きの文字に、何の個性もないのは、却《かえ》って読んでいて冷ややかで、亜希は好きでない。

しかし——文面を読んで、亜希は啞然《あぜん》としてしまった。

〈突然お便りをさし上げる失礼をお許し下さい〉と、手紙は丁重に始まっている。

〈ご子息を失《な》くされた今、このようなお便りをさし上げるのは、心苦しいのですが、事実は事実として、お知らせするべきと考えました。

私は、貴方《あなた》の奥様と、ある事情で近しくさせていただいている者です。奥様は、G5の役員として、活発な働きをされております。

しかし、奥様がG5の活動に熱心なのは、理由があるのです。大変個人的な理由が。

Ｇ５に、顧問としてやって来ている永沢という刑事と、奥様は親しい関係にあります。

貴方は単身で大阪へ赴任されていると、うかがっておりますが、その間に、奥様は永沢と、かなりしばしば会い、Ｇ５の会合の時には必ず後で待ち合せて、二人でどこかへ姿を消します。

このようなことをお耳に入れるのは、心苦しいことでもありますが、ご家族のためを思えば、いつまでもこの状態を続けるのは良くないことであろうと思い、あえて、お便りをさし上げた次第です。

奥様と、あくまで冷静に、話し合われるよう願っております。

〈一知人より〉

――亜希は、手紙を二度読んだ。

それから母のメモを見て、電話へ手をのばした。

「――もしもし。集会所ですか。――宮原ですが、母は……」

「宮原さん？」

と、向うはけげんな声を出した。

音楽が鳴っている。――三味線の曲らしい。

「あの――〈Ｇ５〉の会合が、そちらで……」

「ああ、それなら午後早くでしょ。三時ごろには終ってますよ」

「三時ですか」

「三時半から、うちが使ってるから」

「どうも」

亜希は、電話を切った。

今、五時半だ。——もちろん、集会所はすぐ近くである。

三時過ぎに終ったとして……。もちろん、その後、何か用事があったとも思えるけれど……。

玄関の鍵を開ける音がした。亜希は、急いでその手紙をたたんで封筒へしまい込むと、手の中に小さく折り曲げて握った。

「お帰り」

と、亜希は、母が息を弾ませて入って来るのを見て言った。

「ごめんね。——出るつもりじゃなかったんだけど、どうしても他の人じゃ分らないことがあってね」

「そう」

「お腹空《なかす》いた？」

「そうでもない」

「じゃ、仕度するわ。——そう時間かからないと思うけど」

「ゆっくりでいい」

と、亜希は言った。「長くかかったの？」

「うん。どうしてもね。——このところ、過激派とか、この辺りにもいるんですって。いやねえ、本当に……。色々やってたら、長くなって」

「今までかかったの」

「そう。急いで帰って来たのよ、これでも。——大学の方はどうだった？」

「別に」

と、亜希は言った。「部屋にいる」

「用意できたら、呼ぶわ」

母は、以前と少しも変らなかった。

亜希は、部屋へ行って、ベッドに引っくり返った。——暑かったが、クーラーを入れるために起き上る気もしなかった。

——秀治。

あんたが死んで、何も変らないなんてね。

あんたは、一体何だったの、この家の？　もし、死んだのが私だったとしても、お母さんはきっと、〈G5〉の集会に出かけ、永沢とどこかへ行っていただろう……。

亜希は、枕《まくら》に顔を埋めると、泣き出すのをこらえようと、力一杯枕をかみしめていた。

5　母と娘のゲーム

電話が鳴っている。

亜希は、その気になれば出られないこともなかった。二階の自分の部屋で、ぼんやりしているだけだったのだから。

「亜希。——出てくれない？」

と、下から母が呼ぶのを聞くと、とたんに出る気は失《う》せてしまって、

「今、手がはなせないの」

と、大声で言い返した。

きっと母はぶつぶつ言っているだろう。でも、それは亜希のところまでは聞こえて来ない。

母が、何とか出たらしい。

「はい、宮原です。——ええ、私ですが」

と、母の声が聞こえる。

ほら、出て良かったでしょ。もしかするとデートのお誘いかもよ。あのハンサムな刑事

さんの。

　もちろん、亜希は、永沢のこと、ちっともすてきだとは思わない。あんな男のどこが良くって、お母さん、浮気してるんだろ？

「――分りました。すぐにうかがいます」

　またお出かけ？　やれやれ、ね。今日はどこのラブホテル？

　刑事なんかが利用する時は、安くしてくれるのかな。

　母が階段を上って来た。亜希は、辞書など開いて、一応勉強しているふりをした。

　中学時代から、ちっとも変らないのよね、このパターン。

「亜希、ちょっと出て来るわ」

「うん。――夕ご飯は？」

「すぐ戻るわよ。集会所の方でね、伝票の不備があったから、印鑑がほしいんですって。変だわ、今まで、〈G5〉の会合っていうと、すぐ貸してくれたのに」

「向うも仕事なんでしょ」

　と、亜希は言った。

「じゃ、二十分ぐらいで戻るから」

「うん」

　母が、階段を下りて行く。――どうやら、今の話は口実じゃないらしい。

いくらあの永沢がせっかちでも、二十分じゃすまないだろうしね……。

母が出かけて行く物音がして、亜希は、椅子から立ち上ると、伸びをした。

一人になると、下の居間へ下りて行く。それが、条件反射みたいになってしまった。別に用事がある、ってわけでもないのだが。

――母がいないと一人になる。

こんな状態にも、大分慣れた。弟の秀治が死んで、一か月が過ぎた。

父は相変らず赴任先で忙しく、母は以前の通り――いや、それ以上にしばしば〈G5〉の会合に出て行くようになった。

もともと、秀治とは、この二、三年、ろくに話らしい話もしたことがなかったのだが、それはどこの姉弟《きょうだい》だって、同じようなものだろう。

それなのに、弟がいなくなって、家の中はいつも暗く沈み込んでいるようだった。

亜希は、居間のソファに座って、マガジンラックの雑誌を引張り出してめくり始めた。いつも秀治が買っていたサッカーの雑誌が、まだラックに入っている。

それを手に取って、開く気もしないが、といって捨てる気にもなれないのだった。

週刊誌を見ていると、電話が鳴り出した。今度は出ないわけにいかない。

もし永沢だったら、「母は他の男の人とデートに出てます」とでも言ってやろうか……。

「はい、宮原です」

「もしもし、亜希？」

「あ、見帆。どうしたの？　病気？」

と、亜希は訊いていた。

日比野見帆が、このところ大学へ来ていなかったのだ。三日休んでいて、家に電話しても誰も出ない。

こんなこと、初めてなので、亜希も気にしていたのだった。

「そういうわけじゃないんだけど、ごめん、心配かけて。大学も、明日から出るから」

と、見帆は早口に言って、「ね、お母さん、出かけたでしょ」

「母？　うん。どうして知ってるの？」

「私がインチキの電話したの。澄ました声でね」

「ええ？」

亜希はびっくりした。それから、笑い出して、

「──面白い！　きっとカンカンになって帰って来るね」

「悪いことしちゃって。──あのね、亜希、頼みがあるんだけど」

「へえ、珍しい。何なの？」

講義のノートを亜希に頼んでも仕方ないことぐらい、見帆も承知のはずである。

「明日、午前中、さぼれる？」

「見帆がさぼりをすすめるの？　へえ。明日は雪だ」

「私が講義に出てるから、その間に、亜希に行ってほしい所があるのよ」

「どこ？」

「あのね、大高雄治って人、憶えてる？」

思いがけず、忘れかけていた名を聞いて、亜希の胸がときめいた。

「憶えてるわよ。見帆の彼氏じゃない」

「別に、恋人、といっても、ちょっと違うんだけど——」

と、見帆は少し照れたように言って、「ともかく、あの人に会って、受け取って来てほしいものがあるの」

「ふーん。分った」

亜希にも、多少は見当がついた。「公安の方に追われてるのね」

「目をつけられてる、って段階なんだけどね。亜希には迷惑かけないようにするから」

「そんなこと、いいけどさ」

と、亜希は言った。「で、どこへ行けばいいの？」

「言うから、メモして」

「OK。ちょっと待ってね」

何しろ、亜希は、初めての場所を捜して行く、というのが、大の苦手である。

見帆の言葉をそのままメモに取って、二度くり返してもらった。

「で、受け取ったものは？」

と、亜希は言った。

「亜希、持っててくれる？　私、取りに行くから」

「大学で渡すのは？」

「危い。でも、できるだけ早く取りに行くから」

「分った。じゃ、午後、大学でね」

「うん、悪いね、妙なこと頼んじゃって」

と、見帆は言った。「でも、他にいないのよ、頼める人が」

亜希は、ふと胸が熱くなった。見帆にそんなことを言われたのは初めてだ。

「ね、見帆、大高さんって人に、何か伝えること、ない？　愛してる、とか」

「馬鹿」

と、見帆が笑った。

玄関の方で物音がした。

「あ、母が帰って来たみたい。じゃ、明日ね」

「うん」

電話を切って、亜希は幸せな気分だった。いつになく、心が弾んでいた。

　なぜなのか、自分でも良く分らなかったのだが。

「——本当にもう、ふざけてる！」

　母がふくれっつらになって、上って来た。「いたずらなのよ、誰かの。本当に、人を馬鹿にしてる！」

「いいじゃないの。少しは運動になったでしょ」

　と、亜希は言ってやった。


　夕食の席は、いつも静かである。

　いや、静かというのは正確でない。TVがついているから、音はある。しかし、母の朱実も、亜希もあんまり口をきかないのだ。

　といって、TVを見ているわけでもない。大体、何をやっているのか、知らずにつけてあるのだ。

「——亜希」

　珍しく、母が言い出した。

「うん？」

「あなた、今度の日曜日は、何か予定、ある？」

　こう訊かれたら、まず、「ない」とは答えない方がいい。たとえなくても、何か言いつけられるよりはましだ。

「うん……。ちょっと誘われてんの、買物に。まだ分んないけどね」

と、どっちつかずの返事をしておくのが無難である。

「そう。――もし時間があったら、お母さんとNホールに行ってみない？」

「Nホール？」

亜希は目を見開いて、「お母さん、ロックコンサートでも聞きに行くの」

Nホールは一万人近く入れる大きなホールで、たいていロック系の歌手や、ポップスのコンサートに使われている。

「まさか」

と、朱実は笑った。

「じゃ、全国カラオケ大会？　いやよ、おばさんたちの歌ばっかり聞かされるのなんて」

「そんなんじゃないのよ」

と、朱実は言った。「今度の日曜日にね、都内のGグループの大会があるの」

「ああ。――じゃ、お母さん、〈G5〉から出るの」

「そう。お母さんね、表彰されるのよ」

そう言って、少し照れたように赤くなった母を、亜希は見ていられなかった。

「――おめでとう」

無理に言って、ご飯をワッと口へ入れる。

「だから、もし時間があったら、あなたも、と思って――」

お母さんの晴れ姿？　刑事の愛人として、よく尽くしました、とでも言われるのかしら？

「行けたら行くよ」

と、亜希は言った。

「そうね。忙しけりゃ、いいのよ」

朱実が、少し、がっかりした様子で、言った。――亜希も、何か訊いてやらないと可哀そうか、という気はした。

「何で表彰されることになったの？　かっぱらいでもノックアウトしたの？」

「お母さんが、ってわけでもないわ。〈G5〉の中のここの班がね」

母の言葉に、亜希はちょっとびっくりした。

「お母さん……。じゃ、班の代表なの？」

前、よく班の代表という人から、電話が入っていたことは、亜希も知っていた。

「うん、そうなのよ」

「いつから？」

「まだなりたて。二週間ぐらいかな。前の代表が、体こわしてね。それで、その人がお母さんを推薦してくれたもんだから」

「へえ……」

亜希は、また食べ始めた。――母が〈G5〉の中の班代表。〈G5〉の会長にでもなったら……。いや、もちろん、そんなことにはならないだろう。〈G5〉といえば、全体ではかなりの広い区域を含んでいるのだから。

「まあ、頑張って」

と、亜希は言った。

それが限度だった。何といっても、大学生の身では、親が警察まがいの仕事をして、表彰されるのを、喜ぶ気には、なれない。

「――忙しくなっちゃってね。ごめんね、亜希。これから、きっと、ますます忙しくなるわ」

「いいわよ。外食がふえる？」

「そうね。たぶん……。でも、できるだけ、ちゃんと――」

「子供じゃないよ。心配しないで」

亜希はお茶を飲んだ。

「そういえば……。亜希、永沢さん、って知ってるでしょ」

「あの刑事でしょ」

「そう、秀治のこと、あの人がおかしい、って調べて下さったのよ」

「知ってるよ」

「あなたと一度、ゆっくり話したいって」

「私と？」

「うん。いいでしょ？　別に固苦しい人じゃないわ。とても面白い人よ」

そりゃ、ベッドに入ってる時は面白いかもね。でも、私、そんなの趣味じゃない。

「日曜日、大会の後で、一緒にお食事しようかって言ってるの。どう？」

亜希は、少しカチンと来た。

「行けたら、って言ったじゃない」

もう、行くもんだと決めてかかっている。

「あ、そうよ、それでいいの、もちろん。――じゃ、できたら、ね」

「うん」

亜希は、ご飯にお茶をかけて、「――お父さん、元気でやってるかな」

と、言った。

「ええ、元気でしょ。どうして？」

「電話とか、した？」

「このところしてないけど……。何かあったら、かかって来るわよ。――どうして？」

「別に……」

亜希は、父が気付いているだろう、と思った。前、母はよく心細がって、父に電話していたものだ。

それが——このところ、たぶん、母は、自分の方から一度も電話していないのではないだろうか。

こうもコロッと変れば、当然父もおかしいと思うはずだ。しかし、母は、そんなこと、考えてもいないのである。

「たまにゃ帰って来りゃいいのにね」

と、亜希は言って、「ねえ、日曜日のこと、知らせたの、お父さんに？」

朱実はドキッとした様子だった。

「いいえ……。どうして？」

「だって——お母さんが表彰されるのに！　お父さんだって、見たいかもしれないよ。休み取って来るかもしれないし、知らせてあげなよ」

「そうね……。でも——」

母はうろたえていた。「お父さん、忙しいから……。無理して帰って来るのも大変だし」

「親子三人で食事できるかもしれないじゃない。永沢って人も一緒でもいいけど」

亜希は、母をオモチャにして楽しんでいた。

母も、亜希の言うことを、いやとは言えないはずだ。もちろん内心、父に来てほしくないと思っていたとしても。

亜希にとっては、この日は楽しい夕食になった……。

6　包みの重さ

「変な趣味だなあ」

と、亜希は呟いた。

もちろん、亜希も映画は嫌いじゃないけど、こうアクション物ばっかりじゃ……。

二本立の映画館。——休憩時間に、ロビーへ出ると、学生らしいのが大勢いる。

大学生？　高校生もずいぶんいるようだ。

平日なのに、何してんだろ？

まあ、人のことは言えないにしても、亜希は、別に好きで来ているわけじゃないのだ。

見帆に言われたのが、ここなのである。

しかし、一本目と二本目の間の休憩時間には、大高雄治は結局ロビーへやって来なかった。今は二本目と次の回の間。

これで来なかったら……。もう今日は大学休みってことになってしまう。

「やあ」

亜希はびっくりした。――大高だ。

「気が付かなかった！」

と、亜希は大高の格好を見て、言った。

きちんと背広の上下を着て、ネクタイもしめている。そして、手にはビジネスマン用の鞄《かばん》……。

「そんな格好もするんですか」

と、亜希は面白がって言った。

「これが、一番目立たないんだ」

と、大高は言った。「営業マンが、よく時間つぶしにこういう映画を見に入るからね」

「へえ……。あの、見帆から聞きました。何か――」

「うん。上映が始まるまで待とう。目につくから」

と、大高は言って、「何か飲む？　買って来るよ」

「え？――あ、じゃ、アイスクリーム」

「分った」

大高が売店に行くのを、亜希は見ていた。

見帆の恋人……。亜希としては、もちろん見帆の彼氏に、どういう気持を持っているわけじゃない。

もちろん、そうだ。男なんかより、見帆との友情の方が、ずっと大切だものね。

でも……。想像するくらいなら、構わないだろう。

大高と腕を組んで歩いたり、ドライブして大高の肩に頭をもたせかけたりする……。それともホテルで大高と――。

まさか。それじゃ行きすぎだ。

でも、見帆はどうなんだろう？　もう大高と寝てるのかしら？

「――はい」

と、大高が、アイスクリームを亜希に渡した。

「すみません」

大高はコーラか何か飲んでいる。

ブーッ、と開映のブザーが鳴った。

「古いなあ、この音」

と、大高が笑った。「もう少し洒落た、オルゴールの音とかが多いよね、今は」

「そうですね」

モナカのアイスクリームを食べながら、亜希は肯いた。

ロビーにいた客が、ゾロゾロと中へ入って行く。

「向うにソファがある。座ろう」

ロビーに立っていると、却《かえ》って、売店の人から見られてしまうのだ。

二人は、わきの廊下に入って、そこのソファに腰をおろした。

扉越しに、CFの音楽が洩《も》れて聞こえて来る。

「悪いね、妙なこと、頼んで」

と、大高は言った。

「いいえ。どうせ暇なんです」

と、亜希は言った。「それで、何を？」

「この包みを、持っていてくれないか」

大高は、鞄を開けると、中から可愛い包装紙にくるんだ物を取り出した。

「分りました。持ってればいいんですね」

「お宅に置いて、ご両親に見られるとかいうこと、ないの？」

「大丈夫。父は単身赴任だし、母は年中出かけてます」

「そう。――弟さん、亡くなったんだってね。気の毒だったね」

「どうも」

と、亜希は言って、包みを受け取った。「重い」

片手にのる大きさだが、びっくりするほど重かった。

「うん。悪いね。大理石なんだ」

「いいですよ。落とさないようにしなきゃ」

「頼むよ。——後は見帆の方から、連絡すると思う」

「今日、大学で会うと思います。何か伝えることありますか」

「いや、別に……」

と、大高は首をかしげた。

「愛してる、とか」

大高は、ちょっと笑って、

「そんなこと言ったら、叱《しか》られるよ。呑気《のんき》なこと言って、とね」

「でも——恋人なんでしょ」

「まあそうだけど……。楽しいデートってものは、あんまりした記憶がないね」

大高はコーラを飲み干すと、「じゃ、人に見られない内に、帰るよ。——よろしく頼む」

「はい」

大高は、手を差し出した。亜希は、ちょっとためらって、その手を握った。

「ありがとう」

と、大高は言って、足早に立ち去る。

亜希は、手に残るぬくもりを、固く握りしめた。——預かった何かが、膝《ひざ》に重く感じられた……。


「——やあ、見帆」

と、亜希は、休講中の教室に、見帆の姿を見付けて、入って行った。

「亜希。——どうだった？」

「うん。あなたのこと、愛してるって」

見帆は、ちょっと笑って、

「代りに殴っといていいよ」

と、言った。「ごめんね」

「家に寄って、置いて来た」

と、亜希は言った。「何してるの？」

空っぽの部屋に、二人きりで座っているというのも、何だか妙な気分だった。

「うん……。名取先生が捕まったのよ」

亜希はびっくりした。

「何で？」

「この間、学会で会ったソ連の学者と話してたから」

「それだけ?」

「国家機密の漏洩《ろうえい》。——スパイだって。ちょっとおしゃべりしただけで」

「ひどいね」

「大学は抗議もしないで、学長はゴルフ。——火つけてやりたい」

「そんなこと言って……。それで捕まるよ」

「そうよ。あなたが、今私が『火をつけてやる』って言ったのを、警察へ知らせたら、私は逮捕よ」

「言わないよ、私」

「分ってる。でも、それぐらい簡単なのよ、今は」

見帆は、ゆっくりと息をついて、「どこに行くのかなあ、日本は」

と、言った。

見帆の不安は、亜希にも分る。でも、だからといって、見帆のように激しい怒りは感じなかった。

面倒だったからだ。そういうことを考える人は、どこかにちゃんといるんだから……。

何も私が口出さなくたって……。

「——さ、行こうか」

と、見帆が立ち上った。

「どこへ？」

「日本の行方もだけど、私、お昼を食べてないの。空腹の行方も問題だわ」

そう言って、見帆は明るく笑った。

——二人が、キャンパスを正門の方へと歩いて行く。

「いい季節だね」

と、見帆は言った。

「うん」

「——後を尾《つ》けて来る男がいるでしょ」

「え？」

「見ないで。中年のパッとしない男」

「刑事？」

「公安のね。一体何人いるの、警官って？　国民一人当り、一人ずつ警官が必要だとすると、国民の半分が警官ってことになるか」

「まさか」

と、亜希は笑って言った。

「亜希も、私と付合ってると、にらまれるわね」

「私は大丈夫。——あ、そこで、何か食べようか」

「うん。私、おにぎり」

「私も」

立って食べる、カウンター式の食堂で、安いので、学生にも人気がある。

「――うちのお母さん、何しろ刑事のお気に入りだから」

おにぎりを食べながら、亜希は言った。

「〈G5〉の役員だっけ」

「班の代表になったんだって」

見帆が、一瞬目をみはった。

「お母さんが？　本当？」

「うん」

「凄《すご》い。――班の代表って、今は大変なのよ。誰でもなれる、ってもんじゃなくて」

「そうなの？　やたら忙しそう」

「そうでしょうね……」

見帆は、何か考え込んでいるようだった。

「――ね、亜希」

「うん？」

「私、退学になるかもしれない」

見帆の言葉に、今度は亜希の方が言葉を失った……。

「亜希」

と、母の朱実が、二階へ上ろうとする亜希に呼びかけた。

「うん？　もう寝るよ」

「分ってるわ。――日曜日はどう？」

「ああ。たぶん大丈夫」

それでも、つい、「たぶん」を付けておいた。

「たぶん、じゃ困るのよ」

母は少し苛立《いらだ》っている。「永沢さんはとても忙しい人なのよ。一緒にお食事しようって言って下さってるのに、その日になって都合が悪くて、なんて言えないわ。失礼でしょ」

亜希はムッとした。

「お父さんの都合は？」

と、言ってやる。

「お父さんはお仕事よ」

「訊いたの？」

「ええ。ね、亜希、あなたももう子供じゃないんだから――」

朱実は、亜希が電話をかけるのを見て、「どこへかけるの?」

「お父さん。もう一回、誘ってみるわ」

「亜希! やめなさい!」

朱実が叫ぶように言った。

亜希は、受話器を置いた。

「——お父さんには、言ってないのね」

と、亜希は言った。

「お父さんには関係ないわ」

「そう?」

「日曜日に、一緒にお食事するの。いいわね」

と、母が言った。

「永沢さんって、そんなに忙しいの」

「もちろんよ。今、公安の部門は大変なんだから」

「でも、お母さんと会う暇はあるみたいじゃないの」

「〈G5〉のご用で——」

母が、頰を紅潮させて、

「それだけ? いつも会合の後、ホテルへ行くんでしょ。知ってるのよ、みんな知ってるわ。結構ね。そのごほうびで表彰されるわけ？」

「亜希——」

「お食事？　いいわよ、もちろん。でも、その後、一人で帰ってとは言わないでよね」

亜希は、居間を出て、二階へ駆け上った。

まるで、安っぽいホームドラマ。

何て芝居じみた場面だろう！　胸が悪くなる。

亜希は、ベッドに引っくり返った。

暗い天井が、見下ろしている。——母がどうしているか。何か言いに来るかどうか。

しばらくして、階下から、ＴＶの音が聞こえて来た。

たぶん、明日は何もなかったように、

「おはよう」

と、言い交わすんだろう。

もう子供じゃないんだから……。

亜希は、声もたてずに笑った。

7　不安の影

「娘の亜希です」

と、母が言った。「永沢さんよ。——知ってるわね、もちろん」

まるで、初対面であるかのように、亜希は、わざわざ、

「亜希です」

と、名乗った。

「やあ」

永沢は、手を差し出した。母が、ドキドキしているのが、亜希にも分る。

しかし、亜希も、こんな高級なフランス料理のレストランで、喧嘩《けんか》を始めるほど馬鹿ではない。何といっても、向うがおごってくれるというんだから、ちゃっかり、いただいておけばいいのだ。

亜希も手を出して、永沢の手を握ったので、母の朱実はホッとした様子だった。

「さあ、座って。——メニューはここのシェフに任せてある。まず期待を裏切ることはないと思うよ」

と、永沢は言った。

母の服の趣味が変った。――亜希は、たぶんそれが永沢の好みなんだろう、と思った。先入観もあるのかもしれないが、悪趣味なほど派手にしか見えない。

「亜希君も、アルコール、大丈夫なんだろ？　じゃ、ともかくシェリーか何か……」

乾杯した。――何に？　当然、今日の母の表彰に、だ。

「別に私が表彰されたわけじゃ……」

と、朱実は照れて、しかし嬉《うれ》しそうだった。

「いや、宮原さんのような人が、今の日本の治安を守るのに大きな役目を果しているんだから」

と、永沢は言った。

この食事の費用は、警察が持つのかな、と亜希は思った。

食事が始まると、話は専《もっぱ》ら料理のことになった。何といっても、無難である。

母が、永沢に話したかどうか。――二人の仲が、知れ渡っている、ということを。

二人の様子からは、見てとれなかった。さすがに刑事で、その辺は決して表に出さない。

ともかく、メインの鴨《かも》料理が出る辺りまで、テーブルの平和は保たれて、母も大分リラックスして来ていた。

「――おっと」

ワイングラスが傾いて、こぼれたワインが、永沢のワイシャツの袖口《そでぐち》を汚した。

「あら、しみになるわ」

と、朱実が急いで、自分のナプキンの端を水で濡《ぬ》らすと、永沢の手を取って、「少し落としておいた方が……。でも、そう落ちないわね」

「いや、大丈夫だよ。――もういいよ」

「そう？　クリーニングに出す時に、言った方がいいわ」

「そうしよう」

夫婦のようなやりとりだった。いや、夫婦なら、もっとそっけない親しさになるだろう。母と永沢は、まるで十代の「夫婦ごっこ」をしている恋人同士のように見えた。

「お邪魔なら、席を移りますけど」

と、亜希は言ってやった。

母が、頰を染める。――やり過ぎた、と自分でも思っているようだ。

母は、ちょっと椅子をずらして立ち上ると、

「すぐ戻ります」

と、言って、ハンドバッグを手に、化粧室に行った。

亜希は、鴨の最後の一切れを口へ入れ、ワインで流し込んだ。

「――どうだい、味は？」

と、永沢が訊く。

「おいしいです」

と、正直に答える。

「そうか」

永沢も、どう話したものか、迷っている様子だ。公安の名刑事も、不倫を正当化する理論は持ち合せていないらしい。

自分からは口をきくまい、と決めていた。

「——君のお母さんから、聞いたよ」

と、永沢は言った。「人の噂《うわさ》ってのは、全く始末の悪いもんだ。僕と、君のお母さんの間には、疑われるようなことは、何もないんだよ」

下手な嘘《うそ》を。もう少し、ましな嘘がつけないのだろうか？　亜希は、少しがっかりした。

「そうですか」

「お母さんが、胸を痛めてる。僕のせいで、君とお母さんの間が——」

「どうでもいいです」

と、亜希は遮《さえぎ》った。「子供じゃないんだから。——私は構わないんです」

「いや、そういうわけにもいかないよ」

と、永沢は首を振って、ナプキンで口を拭うと、「これから、班の代表として、お母さんはますます忙しくなるだろう。しかし、出かける度に、君に疑われたんじゃ、お母さんも気の毒だ」

父のことは気の毒じゃないのかしら。一人、大阪で働いて、妻に裏切られていることを、うすうす察しながら……。

何て虚《むな》しい話だろう！

「実はね」

と、永沢が、ちょっと咳払《せきばら》いして、言った。

「君には一つ頼みがあって、今夜、来てもらったんだ」

亜希は永沢を見た。

「これは仕事の話でね」

「私が何か……」

「君の友だちのことだ。日比野見帆という子だよ」

「見帆がどうかしたんですか」

「とても優秀な子らしいね」

「私と違って、頭がいいです」

永沢は、ちょっと笑った。

「いや、実はね、その日比野見帆という子が、悪い男と付合っている。今、我々が目をつけている男でね。同じサークルの先輩に当るんだ」

　永沢の話にも、亜希は眉一つ動かさなかった。別に、そう努力していたわけではない。いつも、こんな風だ、というだけなのである。

「大高雄治という男だ。――聞いたこと、あるかね」

「いいえ」

　と、亜希は首を振った。

「そうか。日比野見帆から、名前ぐらい、耳にしてないかい？」

「話に出て来た人の名、いちいち憶えてません。それから、見帆のことを、どうして呼び捨てにするんですか。何か悪いことでもしたんですか」

「いや、失礼。つい、こういう仕事をしてるとね」

　と、永沢は、少しムカッとした様子だったが、辛《かろ》うじて笑顔を作った。「しかしね、このまま大高雄治と係《かか》わり合っていると、本当に彼女も困ったことになりかねない。君も、友だちとして心配だろう」

　亜希は、ちょっと笑って、

「私が見帆のことを心配したら、雪が降っちゃう」

　と、言った。「見帆は大人です。私と違って」

「そうかな。しかし――」

と、言いかけて、永沢は、朱実が戻って来るのを目にした。

そして、低い声になると、

「大高雄治という男のことを、あの子から何か聞いたら、教えてくれないか」

と、早口に言った。「決して悪いようにはしないよ。これはお母さんにも内緒だ」

母に内緒？——亜希は戸惑った。

「何のお話？」

と、母が席に戻る。

「いや、大学のことを色々聞いてたのさ」

と、永沢が言う。

「ちゃんと大学へ行ってくれてるんでしょうね」

と、母が笑いながら言った。

——亜希には信じられなかった。

浮気している相手の男と、それを知っている我が子の前で、こんなにも楽しそうにしていられるものか。

大高雄治のこと？

誰があんたなんかに！——亜希は心の中で悪態をついてやった。

「――ええ、本当に楽しかったわ。――亜希？　あれ以上何も……」

母が電話で話している。

もう、夜中の十二時を少し過ぎたところだった。――食事を終って、帰ったのが、一時間前。

まだ亜希がお風呂《ふろ》に入っていると、母は思っているらしい。

「――ええ。それじゃ、連絡を。――待ってます」

母が受話器を置くのを待って、

「入ったら？」

と、声をかけてやる。

「出たの？」

母がギクリとして振り向いた。「――そんな格好で。風邪引くわよ」

「まだそんな時期じゃないわ」

バスタオルを体に巻きつけて、亜希はフーッと息をついた。

「じゃ、お母さんも入って来るわ」

と、居間を出ようとする母へ、

「あの人、お母さんがもっと忙しくなるようなこと、言ってたよ」

と、声をかけた。

「そう？」

「何かあるの」

母は、振り向かずに歩き出しながら、

「組織の整理が始まるのよ」

と言った。

「ふーん」

何のことやら。訊こうとも思わなかったが……。

パジャマを着て居間へ戻った亜希は、ＴＶをつけた。——面白い番組なんて、一つもないが、何となくつけてしまう。

電話が鳴った。こんな時間に。

「——はい、宮原です」

「亜希か」

「お父さん」

びっくりした。父がこんな夜中に電話して来るなんて、珍しい。

「元気か？」

父の声は、あまり変りがなかった。

「うん。——そっちは、忙しいの？」

「相変らずだ。十時ごろかけたんだが」

「食事してたから、外で」

「そうか。いや、さっき、TVのニュースを見てたら、母さんらしいのがうつって、びっくりしたんだ。〈G5〉のことで――」

「表彰？　そう、お母さんよ」

「やっぱりか。――この間は、そんなこと、一言も言ってなかったからな」

「照れくさかったんでしょ」

と、亜希は言った。

「母さん、いるのか？」

「今、お風呂」

「そうか。ともかく、おめでとうと言っといてくれ」

「自分で言えば？　三十分もしたら出て来るよ」

少し、父はためらった。その「間」は、亜希の胸をしめつけた。

「いや、いいよ。もう寝《やす》むところだ」

母と話したくないのだ。――知っているのだ。

あの匿名《とくめい》の手紙が、父のもとにも届いたのかもしれない。ともかく、父は知っている。

「じゃ、言っとく」

「うん。――大学はどうだ？」

「相変らず」

「まあ……。気を付けてな」

「お父さんもね」

と、亜希は心をこめて言った。「また、電話して」

「そうだな。――おやすみ」

「おやすみなさい」

――父が家にいるころには、いちいち、

「おやすみ」

なんて言わなかったものだ。

でも、今は言いたかった。言ってあげたかった。

いつの日か、父に同情するようになろうとは、思ってもいなかった……。

――母と顔を合わせたくなくて、亜希は二階の自分の部屋へ上った。

父の伝言など、伝えたところで、母は喜ぶまい。

――まだ眠くはなかったが、ベッドにゴロリと横になった。

大高雄治。――不意にその名が、目の前にチラついた。

大高雄治のことを聞いたら、だって？

人のことを何だと思っているんだろう。

友だちのことが心配だろう、か……。

「吐き気がする」

と、呟いた。

母の愛人に頼まれて、親友を裏切るなんて、そんなことを一体誰がするだろう？

しかし——気になるのは、大高雄治と見帆のことである。

二人の仲がどうか、ということではなく、本当に警察に追われる身になるかもしれない、という気がしたからだ。

亜希は起き上った。——大高雄治から預かった包みは、まだ持ったままだ。

机の引出しの奥から、その包みを出してみた。——重い。

大理石だと大高は言ったが、そうじゃないだろう、と亜希は思った。

しばらく、その包みを持っていた亜希は、ベッドの上で、包みをあけてみた。

中が、また別の、少しごわごわした紙で包んである。かけてあった紐《ひも》をといて、その包みをあける。

——予想していなかったわけではない。

しかし、それが現実に目の前に現われると、一瞬、血の気がひいた。

——黒光りする拳銃《けんじゅう》。そして、たぶん実弾の入った箱が、一緒に包んであった。

これを、一体何のために？

手にそっと持ってみた。冷たい感触と、凝縮された重さが、亜希の身を引きしめるようだった。

8　裏切り

「見帆」

月曜日、昼休みに、亜希はやっと見帆の姿を見付けた。

見帆は、急ぐ足取りで、運動部の部室がある、大学の奥の一画へと向っているところだった。

「亜希か」

振り向いた見帆が、ホッとしたように言った。

「どこに行ってたの？　朝からずっと捜してたのに」

二人は一緒に歩き出した。

「ごめん。――ちょっと、忙しくて」

見帆は、チラッと後ろを見た。

「まだ刑事が？」

「今日はいないみたい。何か他の事件で、忙しいんじゃない？」

と、見帆は肩をすくめた。

「どこに行くの？」

「うん。――サッカー部の部室」

「見帆、いつからサッカー部に入ったの？」

「まさか。別の用事よ」

と、見帆は笑った。

しかし、その笑顔は、どこかぎごちなかった。

「何かあったのね」

と、亜希は言った。「――大高雄治さんのこと？」

「大高君？　彼は、今、身を隠してるわ」

「どこに？」

「どこか分ったら、隠してることにならないでしょ」

「そうか」

二人は笑った。やっと、不自然な固さがほぐれたようだ。

「昨日、どうだったの？」

見帆に訊かれて、亜希は、永沢と母との楽しい夕食の様子を話してやった。母と永沢のことも、見帆には話してある。

「――TVでお母さんの姿、チラッと見たわよ。凄くお洒落してたね」

と、見帆が言った。

「若作りっていうのよ、あれは。やり切れない。しかも、あの刑事――」

「永沢さん？」

「見帆のことまで言い出して」

「何て言ってた？」

亜希は、聞いた通りを、見帆に話した。それが永沢への仕返しだ。

「――いよいよ、私も危いなあ」

と、見帆は呑気な調子で、「いざとなったら、首でも吊《つ》るか」

「見帆……」

「冗談よ」

と、見帆は笑った。「お母さんとは冷戦状態？」

「それどころじゃないみたい。〈G5〉の組織の整理が始まるとかで、ますます忙しいってよ」

見帆が足を止めた。

「組織の整理？　どんなことをするって言ってた？」

「さあ。そこまで聞いてないけど」

と、亜希が首を振る。

「そう……」

「何か役に立つのなら、その内、聞いてみようか」

「ええ。でも——亜希に迷惑がかかると」

「何よ。そんな仲じゃないでしょ」

亜希は嬉しかったのだ。

これまで、二人の関係は、専《もっぱ》ら亜希が見帆に頼るばかりだった。それが、亜希にも見帆のためにやれることがあるのだ。

それは、亜希にとって、無条件に心の弾むことだったのだ。

「じゃあ、何か分ったら、教えてちょうだい。でも、無理しないで。いいわね」

「うん」

「これは本気よ」

と、見帆は真顔になって、念を押した。「亜希のお母さんは、亜希が思ってる以上に、重要人物なのよ」

「そう？　でも、あの刑事の愛人だからでしょ」

「理由は何でも。――永沢って人は、公安でも若手のホープ。特に大学管理には、力がある人よ」

「あんまり親しくなりたくないね」

見帆は、また足を止めて、周囲を見回した。

「――亜希」

「うん？」

「預けた、包み。中を見た？」

突然で、とぼけることもできなかった。

「ごめん。――ゆうべ、大高さんのこと言われたりしたんで、つい……」

「いいの」

と、見帆は首を振った。「あの人も、そんな物、亜希に預けるなんて！　知らなかったのよ、中身。ごめんね」

「構わないけど……。本物でしょ？　何に使うの？」

「護身用。それだけよ」

と、見帆は言った。「私が持ってましょうか」

「だって、却《かえ》って危いでしょ。いいよ、大丈夫」

「そう。――できるだけ早く、何とかするから」

「うん」

「じゃ、ここで」

と、見帆が足早に立ち去る。

古い部室だ。——もう今は使われていない木造の小屋みたいな建物である。

あんな所に、見帆、何の用で……。

見ていると、ドアがスッと開いて、見帆を中へ入れると、すぐに閉った。誰か中にいたのだ。

他の女の子なら、誰か恋人とでも会っているのかな、と思うところだが、見帆はおそらく——そうか、何か考えているのだ。

名取教授の逮捕は、さすがに大学内にも大分波紋を広げている。学生にも人気のある先生だったからだ。

今は、新聞やTVも、あまり警察への批判をしなくなっているが、名取教授の逮捕については、いくつか抗議の投書が載ったりしていた。

もちろん大学側は、すべて黙殺していたのだが。

亜希は、来た道を戻って行った。

見帆に信頼されていることが、亜希にとっては、少なくとも、永沢におごってもらったフランス料理よりも、すばらしいことだったのだ……。

——玄関に誰かが。

夜中、亜希は起き上った。——時計を見ると、二時を回っている。

廊下へ出ると、母も顔を出した。

「誰かしら？」

「さあ……」

亜希は肩をすくめて、「出てみる？」

チャイムが、また鳴った。

「じゃ、亜希、出て」

「インタホンでね」

「もちろんよ」

「泥棒《どろぼう》かしら」

まさかね。——家の玄関には、〈G5〉の連絡所であることを示す、プレートが貼《は》ってある。

こんな家を狙《ねら》う泥棒はいないだろう。

一階へ下りて、インタホンのボタンを押した。

「はい……」

「亜希？　私」

「見帆！　どうしたの？」

「ごめん。ちょっと出られる？」

「すぐ行く」

亜希は階段を上った。

「誰なの？」

と、母が訊いた。

「見帆よ。ちょっと出て来る」

「こんな時間に――」

「寝てていいよ」

急いで服を着て、亜希は玄関を出た。

「――見帆？」

道に出て、左右を見回す。

少し先に、見帆が立っていた。暗がりなので、よく見えなかったのだ。

急いで駆けて行くと、

「歩いて」

と、見帆が言った。

「うん。――どうしたの？」

「もっと歩いて」

二人は、ほとんど走るように、夜の道を急いだ。

――足を止めたのは、人気《ひとけ》のない公園の前だった。

「座ろうか」

見帆は、息をついた。「――びっくりさせて、ごめん」

「いいけどさ……。どうしたの？」

二人はベンチに並んで座った。

突然、見帆が泣き出した。亜希は、面食らってしまった。――見帆は、感情の起伏の大きい性格だが、こんな風に泣くのを見るのは、初めてだった。

長くは泣かなかった。――ハンカチで、顔を拭くと、

「もう大丈夫」

と、肯いて、「ショックでね」

「何かあったのね」

「――名取先生の逮捕に抗議しようって、有志で集まって……。ビラを刷ったりしてたの。明日、大学へ朝早く集まって配るつもりで。そしたら……」

一瞬、言葉に詰って「――今夜、全部、ビラが押収されたのよ」

「警察に？　どうして分ったのかな」

「——私は、ちょうど最後にあの古いサッカー部の部室を出てね、帰ろうとしてたの。途中で、何だか気になって……。戻ったのよ」

「それで？」

「警察の人間が十人くらいで、中を引っかき回してたわ。そしてあの——永沢って刑事と、一緒にいたのが……」

亜希にも、何となく分る気がした。

「一緒にビラを作った仲間……」

「そう」

と、見帆は肯いた。「——ショックでね。そのまま、ここへ来たの」

「ひどいね……」

亜希は、見帆の肩を抱いた。

「友だちも信用できないなんてね」

「私は大丈夫よ」

「亜希の顔見ると、元気が出る」

「何よ、それ」

見帆は、ちょっと笑った。——やっと見帆らしい顔になる。

「ね、亜希」

「うん？」

「大高さんと会うのも、もう危いわ。代りに会って来てくれない？」

亜希は、戸惑った。

「でも……」

「危いことを頼むんじゃないの。必要なものとか、食べるものとか、届けてほしいのよ」

見帆は、亜希の手を握った。「他に、頼める人がいないの」

断れるわけがない。そして、亜希自身、大高に会えると思うと、胸がときめくのだった……。

「――まだ起きてたの」

家へ戻ると、母が居間から顔を出した。

「見帆さんは？」

「帰ったよ」

「何だったの、ご用って？」

「お母さんに関係ないでしょ」

「こんな時間よ」

「だから？」

挑《いど》むように、亜希は母を見た。

「――亜希。もう見帆さんとは会わないようにしなさい」

と、母は言った。

「どうして？」

「あの子のやってることに巻き込まれたら、大変よ」

「永沢さんのご忠告？」

と、亜希は言った。「私の親友よ。放《ほ》っといて！」

階段を上る。

ベッドへ入って、もう母が呼んでも、返事をしないつもりだった。

しかし母は、なかなか上って来ない。

永沢に、電話でもしているのか。――もっとも、今、永沢はまだ大学にいるかもしれない。

あの包み。――拳銃の包みも、ここでは危い、と亜希は思った。

母が、亜希のいない間に、調べるかもしれない。今の母は、それぐらい、やりかねないのだ。

母のスリッパの音が、階段を上って来る。

そして、部屋の前を素通りすると、ホッとする。

母に、声をかけられなかったことでホッとするなんて……。

「寂しいもんね」

と、亜希は呟いて、目を閉じた。

見帆の涙。――それは、亜希にとって、ショックだった。

自分にも、何かやれることがあるかもしれない。――見帆のために。

亜希は、眠りに入る前に、そう考えていた……。

9　見知らぬ母

誰だろう？

家の近くまで帰って来た亜希は、玄関の前で、何だか途方に暮れたような様子で突っ立っている女を見て、眉を寄せた。どこかで見たことのある人だ、という気もしたが、まだ少し距離があって、よく分らない。

しかし、向うが、亜希に気付いたらしい。バタバタと急ぎ足でやって来ると、

「亜希ちゃん！　良かったわ、誰もいないから、どうしようかと思って……」

「あ、叔母さん」

と、亜希は言った。「誰かと思った」

母の朱実の妹に当る一宮和実《いちのみやかずみ》は、およそ母と似ていない。亜希のように身近な目で見るせいで、そう見えるのかというと、そうでもないらしく、朱実が和実のことを、

「妹です」

と紹介すると、相手はたいてい、「義妹」、つまり、弟の嫁さんだと思うらしかった。

「母に用？」

と、亜希は訊いた。

まあ、訊くまでもないことだ。しかし、叔母の家は千葉の方で、体が丈夫でないこともあって、あまり遠出して来ることはないと亜希も知っていたのである。

「そうなの。お出かけでしょ」

「たいてい六時か七時だよ、帰るの。――電話してから来れば良かったのに」

亜希は、何気なく言っただけなのだが、それを聞いた叔母の顔が一瞬ひきつるのを見て、びっくりした。

「亜希ちゃん……。待たせてもらっても、構わないかしら」

「いいわよ、もちろん。――待っててね。鍵あける」

亜希は、叔母の和実を中へ入れると、一応お茶を出したりした。

「秀治ちゃんのお葬式の時には、ごめんなさいね。どうしても体が言うことをきかなく

て」

「そんなこと。――叔父さん、来てくれてたし」

和実の夫、一宮公男《きみお》は、ずいぶん秀治を可愛がってくれていた。一宮が千葉へ引越す前は、割合この近くに住んでいて、秀治もちょくちょく遊びに行ったものだ。

叔母の健康の問題もあって、遠くなってしまってからは、あまり会うこともなくなった。父の単身赴任、母の〈G5〉での活動……。

最近では、亜希は母の口から、一宮の名を聞くことなど、ほとんどなくなってしまっている。

「公市《こういち》君、元気？」

と、亜希は訊いた。「もう高校――三年だよね、確か。秀治より一つ上だったもんね」

「ええ……。そう。――色々ね」

一人っ子の公市は、秀治ともよく遊んだものだが、一つ秀治より年上なのに、どう見ても「弟分」だった。おとなしくて、頭のいい子である。

何だか叔母が話をしたくない様子なので、亜希は、

「じゃ、私、ちょっと友だちの所へ行って来るから」

と、腰を浮かした。

「ああ、そう。どうぞ、行ってちょうだい。構わないから」

「でも、叔母さん、大分待つことになるかもしれないよ」

「いいのよ。座ってるだけなら、別にくたびれないし」

そう言われて、亜希は、叔母がずいぶん顔色も悪く、やつれているのに気が付いた。

「具合、良くないの？」

「うん、ちょっとこのところ……。いつもこんなものよ」

と、叔母は、無理に笑みを作って見せた。

「亜希ちゃんのお母さん、忙しそうね」

「何やってんだか」

と、亜希は肩をすくめて見せ、「――じゃ、ゆっくりしてて」

パッと二階の自分の部屋へ上ると、仕度をして、居間の叔母に一声かけただけで、家を出る。

――十月も末に近くなった。

出歩くのに、一番楽な季節である。亜希のような出不精でも、歩いていて気持がいいと思える、爽《さわ》やかな午後だった。

「こんなに真面目《まじめ》に授業聞いたの、生れて初めてだなあ」

と、亜希はノートを並べながら、言った。

「悪いね、亜希」

見帆は、亜希のノートを見ながら、手早くメモを取って行く。「——あ、紅茶でもいれようか。クッキーがあるよ。私の手作り」

「見帆がクッキー焼いたの？」

と、亜希は目を丸くした。

「だって、家にいてもすることないし、暇でさ。——結構いけるわよ」

「じゃ、もらう」

「待ってて」

見帆が、ペンを置いて、部屋を出て行った。

——見帆の部屋は、意外に（というのもおかしいが）、片付いていない。もちろん、やたらとちらかし放題というわけではないけれども、本やら封筒やらがあちこちに積んであって、机の上なんかは、あまり隙間というものがない感じだ。

この部屋の様子を見ると、亜希などはホッとするのである。——見帆にも手が回らないってことがあるんだな、と……。

名取教授の逮捕に抗議するビラ作りに加わったことで、見帆は二週間の停学処分になった。

亜希にとって、ちょっと意外だったのは、見帆が、大学側の処分に一切抗議らしいものもせずに、すんなりと従ったことだ。もちろん、抗議したところで、撤回されるわけもないのだし、ビラ作りの仲間が警察へ密告したというショックから、見帆は自分なりに、頭を切りかえているかのようにも感じられた。

あと三日ほどで、停学処分もとけるのだが、その間、見帆の分まで講義のノートを取らされた亜希の苦労も、並大抵のものではなかったのである……。

「――はい、どうぞ」

と、出してくれた見帆手作りのクッキーは見た目こそひどいが、なかなかいい味ではあった。

「上出来！」

「でしょ？」

見帆は得意げに、「我ながら、見直した。――大学やめて、見合い結婚でもしちまうかなあ。そしたら、みんなに『いい子、いい子』って言われるんだろね」

「本気じゃないんでしょ」

「まあね……」

見帆は、軽く息をついて、「何もかもに目をつぶっていられりゃね。――文化祭の方はどう？」

あと一週間もすると文化祭。名取教授の「名」の字も、もう学生の間では出ない。

大学祭に、人気のあるロック歌手が来るというので、今や、そのチケットをどうやって裏から手に入れるかで、学食の中はもちきり。

「勝手にやって、って感じね」

「私もねえ、何だか家でこうやってずっと引っくり返って寝てると、ああいう馬鹿騒ぎやってる子たちのこと、あんまり腹も立たなくなって来た」

「どうして？」

「何もしない、って快感だもの。——麻薬のように、魅力あるわよ。ずーっと中にひたってれば、安心で、安全で、傷つきもしないし、逮捕もされない……」

見帆は、クッキーを一つ、つまんで、「これ、持ってってくれる？」

「いいよ」

もちろん、大高雄治の所へ、である。

「いつも、ごめんね」

「運動になっていいよ。大分スマートになったもん」

と、亜希は笑って言った。「他に届けるものは？」

「私がさっぱり出られないからね。——あの人は、自分で何とかするわよ」

見帆は、ベッドにゴロリと横になる。

「——会いたいでしょ」

と、亜希は言った。

「向うはそうでもないわよ、きっと」

と、見帆は冗談めかして言ったが、顔は笑っていなかった。

「――ねえ、別に停学ったって、外出禁止ってわけじゃないんだし。あさって、うちに泊りに来ない？」

と、亜希は言った。

とっさの思い付きというわけではなかった。ゆうべ、ふと考えたのである。

「亜希の家に？　でも、お母さんが――」

「母は明日の夜からお出かけ。〈G5〉の代表の一人として、全国大会にね」

「全国大会？」

「熱海だって。きっと宴会でもやるんじゃないの。怖いね、あんなおばさんたちばっかり集まっての宴会なんて……。ゾッとしちゃう」

「泊りがけなの？」

「そう。土日と二泊して、月曜日の夕方の新幹線で帰って来るの。だから、あさっての日曜日は丸々一日、家にいない」

「――迷惑じゃない？」

「黙ってりゃ分るもんですか。それに、友だちが泊りに来たって、別に珍しいことじゃないわ」

「そう……」

見帆は、少し迷っているようだったが、「じゃ、甘えるかな、亜希に」

「二人で何か作って食べよう」

「うん」

二人は顔を見合わせて笑った。──ごく当り前の女子大生の二人だった。


家へ着いたのは、もうすっかり暗くなってからだった。

「──もう帰ってるんだ」

玄関を入る前に、家のあちこちに明りが見えているのに気付いて、亜希は呟いた。

今夜は早い方。──大体、いつも夕食は八時ごろになる。それも、週の半分くらい。

帰りに母が買って来たお弁当や、でき合いのおかずにご飯だけ炊《た》いて、すませることも多かった。──母とはほとんど話もしない。

食事中でも、最低二、三回は母に電話がかかって来るのだから、のんびり話していられるような雰囲気《ふんいき》でないのも確かだった。

永沢も、このところ忙しいのか、姿を見せない。もちろん、亜希の知らない所で、母と会っているのかもしれないが。

玄関を入ってから、叔母が来ていたのだということを、思い出した。まだ叔母の靴《くつ》がある。

「私が何度言ったと思ってるの！」

母の声が、居間から聞こえて来て、亜希は足を止めた。――帰って来たことに気付いていないのだ。

しかし、それにしても母の言い方は、威丈高《いたけだか》なものだった。一瞬、本当に母の声だったろうか、と疑ったほどだ。

「あんたにも一宮さんにも。――後で泣くことになっても知らないわよ、って、あれほどくり返して言ったじゃないの」

叔母は黙っているようだった。――何のことだろう？

母は、以前には体の弱い妹のことを、よく心配していたものだ。間違っても、あんな口のきき方はしなかった。

「でも……」

叔母の、かぼそい声が洩れて来た。「あの子ももう子供じゃないし……。家にとじこめておくわけにも……」

「とじこめておけばいいのよ。家でだめなら、施設にでも。一度、思い切った手を打たないと、いつまでも同じことのくり返しよ」

——公市のことらしい、と亜希にも見当がついた。しかし、あのおとなしい子が、一体何をやったというのだろう？

「あの子は、体もそんなに丈夫じゃないし——」

「そうやって甘やかすから！　あんたの所は、お父さんも甘いから。——そりゃあ、多少は知ってる人もいるし、口をきいてあげられないでもないわ」

「お姉さん、お願い。——二度とこんなこと、頼まないから」

「だといいけど……」

と、母は、まるで信じていない様子で、言った。「どこから呼び出されてるの？」

「あの——公安委員会なの。うちの地区の支部だけど」

と、叔母が、ほとんど消えてしまいそうな声で言った。

「そう。——支部長さんを知ってるから、話しとくわ」

「ありがとう、お姉さん」

「やめてよ。——そんな泣き顔見せるくらいなら、もっと子供を気を付けておかなくちゃ」

よく言うこと、と亜希は舌を出した。自分は浮気に精を出して、お説教もないもんだ。

それにしても、母がこんな口のきき方をするのを、亜希は初めて聞いた。——母は変ったのだ。

家の中での顔とは別人のような、「外の顔」を、身につけているのだ。

「──そうだわ」

と、母が言った。「ちょうどね、一宮さんに頼みたいことがあったの」

「うちの人に？」

「そう。今度、〈G5〉でね、署名を集めることになってね。別に、この地区でなくてもいいのよ。あんたのご主人、顔が広いでしょ。集めるの、力になってくれるわよね」

「それは……。主人に言ってみるわ」

「それぐらいのこと、して当然でしょ。私も忙しいのよ」

「ええ、それはよく分ってるの。──分ったわ。主人に、そう言うわ」

「じゃ、お願いね。新しい公安条例の制定を市民の立場から推進して行くのに必要なの。最低でも百人はね。──これが書類よ」

「ええ……」

叔母が、力なく言った。「あの──よろしくね」

「任せて」

母が、立ち上ったようだ。

亜希は、急いで階段を上った。玄関の方から、

「公市のこと、お願いね、お姉さん」

と、くり返す叔母の声が聞こえた。

「分ったわよ。でも、これきりだから。よく憶えといてよ」

「ええ。本当に……」

玄関のドアが、開いて、閉じる。

母はついに、一度も、

「気をつけて」

と、言わなかった。

「――あら、いつ帰ったの」

母が、階段を下りて来た亜希を見て、言った。「すぐご飯にするわ」

「叔母さんは――」

「公市君のことで、困ってるのよ。しょうのない暴走族だか何かと付合って、巻き添えで留置されちゃったって」

「公市君が？」

「親がしっかりしないからよ。あそこの父親は、変にもの分りがいいし。――昨日も電話があったけど、忙しいからって切っちゃったの。あんたが、いる時に？」

「うん。ずいぶん長く待ってたよ」

「そう」

母は素気《そっけ》なく言った。「今度から、上げちゃだめよ。いつ帰るか分らないから、って言って、帰ってもらいなさい。——ああ、忙しいのに、時間を取られちゃったわ」

亜希は、母の後をゆっくりとついて歩いた。母が台所に立っている。

その後ろ姿は、前の通りの母だが……しかし、亜希は、母に、ふと恐怖を覚えた。

間違いない。亜希を身震いさせたのは、「恐怖」に違いなかった。

10 仕掛けた恋人

「はい、これ、見帆の手作り」

と、亜希がクッキーの袋を置く。「少し、しけってるかもしれないけど。昨日は持って来られなかったから」

「いいんだ。ありがとう」

と、大高雄治が袋をあけて、「クッキーか。あいつ、こんなもの作れるんだな」

「停学中で、暇だからって」

「もうそろそろ終りだろ」

「来週から出られるんじゃないですか。見帆のことだから、勉強なんて、軽く追いつくし」

「しかし……。また、きっと何かで難くせをつけて来るよ」

大高雄治はクッキーをかじった。「——結構いける」

「見直した？　見帆、案外いい奥さんになるかも」

何となくそう言ってから、亜希はなぜか自分で照れて赤くなった。

「そうだな。僕じゃない男と結婚すれば」

と、大高は言って笑った。

油のしみついた作業服姿の大高は、前に見たサラリーマン風の格好の時とは別人のように見える。

隠れる、といっても、人里離れた山奥へ潜伏したりすれば、すぐにも食べるものに苦労することになる。今、大高は、この自動車の修理工場に、住み込みで働いていた。

経営者が大高の古い友だちなのだという。

「もちろん、いつまでもここにいたら、いざって時に迷惑がかかる。そう長くはいられないよ」

と、大高は言った。

工場の裏手にある、小屋みたいなものが、大高の今の住いである。——週に二回ぐらい、亜希は食べ物などを大高へ差し入れていた。

もちろん、大高も、食事は適当に近くで済ませたりしている。亜希が持って来るのは、フルーツとか、お菓子の類《たぐい》。大高は甘党なのである。

今は昼休みの時間だった。小屋の中は、せいぜい六畳一間くらいの広さしかないが、快適とは言えないまでも、まあ住み心地は悪くない、と大高は言っていた。

「――例の物、預けっ放しだろ？　悪いね」

と、大高は言った。

「いいです。大丈夫ですよ。そう簡単には見付からないようにしてあるし、それに母も忙しくて、私の部屋へ入ることなんかありませんから」

亜希は、少し間を置いて、「でも……あんな物、どうするんですか」

「どうってことじゃない。ただ、いつか役に立つこともあるかと思ってね」

「あんなもの一つで？」

大高は笑って、

「全くだな。オモチャも同じさ、警察はどんどん武装を進めてるってのにな」

「大高さん」

「何だい？」

「一つ、訊いていいですか」

「構わないよ」

大高が肯いて、「──僕が何をやったか、ってこと？」

亜希は、少し迷ってから、

「それもありますけど……」

と、言った。

「簡単だ。何もしてない」

大高は、缶のコーラを一口飲んで、「同じ研究会のメンバーが、夜、帰る途中で、襲われて死んだ。それを内ゲバだといって、僕を手配したんだ。簡単な話さ」

「誰がやったんですか」

「さあね。──今は、右翼が大っぴらに行動するようになって来ている。あの連中は人を殺すことなんか、何とも思ってやしない」

「──怖いですね」

「僕はいいけどね、どうせ一人だし、根が楽天的だ」

と、大高は笑って言った。「しかし、見帆は……。君、訊きたいこと、って？」

「あの──見帆のことです」

「見帆が、何か言ったかい」

大高は、亜希から目をそらして、「僕のことに構ってると、彼女も危い。分ってるはずなんだがね」

「そういうことじゃないんです」

と、亜希は言った。「見帆は、いつも自分のしてることはよく分ってるから……。ただ、大高さんとどういう仲なのか、いくら訊いてもはっきり言わないし」

「そうか」

「愛してるん……でしょ？」

口にすると、照れくさい言葉だった。

「まあ……こんな時には言っても仕方ないけどね、やっぱり愛してる、と言うんだろうなあ」

「見帆の方が惚《ほ》れ込んだんでしょうね。見帆、いつも火の玉みたいだから」

「火の玉か」

と、大高は笑って、「ピッタリだね」

「古い付合いだし」

「君だけが信用できる友だちだ、と言ってたよ」

亜希は、頬を赤らめた。

「大高さん」

「何だい？」

「もし、良かったら――」

夜の町に炎が上っていた。

大高の所からの帰り、買物した亜希は、通りへ出て、何か騒然としているのを見た。

何があったんだろう？

当惑していると、突然、火が吹き上げたのだ。——ワーッ、と叫び声が上って、人々が散る。

大分離れていた亜希の目にも、大きな交差点の交番が燃え上っているのが見えた。

ただ火をつけた、というのではない。黒い煙が立ち上っているのを見ても、たぶん火炎びんのような物が投げ込まれたのだろうと分る。

野次馬が、その燃える交番を遠巻きにして眺めている。——何が起ったのか、亜希にはさっぱり分らなかった。

やがて、サイレンの音が四方からけたたましく近付いて来て、亜希は早々に地下鉄の駅へと下りて行った。

——火事、というほどの大きな火ではなかったが、一つの交番を焼いたその火は、大きな流れを誘い出すきっかけになったのだった。

もちろん、亜希はそんなことなど考えてもみなかったのだが……。

「──さ、入って」

亜希は、ドアを開けて見帆を中へ入れた。

「久しぶりだ、亜希の家に上るの」

見帆は、小さなボストンバッグを下げていた。

「気楽にしてね」

と、亜希は言った。「万が一、母が帰って来たりしたら、窓から逃げるのよ」

「得意よ」

と、見帆は笑って言った。「お肉は？」

「うん、台所へ持ってく。まだ夕ご飯は早いでしょ」

「でも、すきやきなんて、できるの？」

「あんなもん、適当よ」

「だけど、こんなに肉を買い込んで。二人で食べ切れないよ」

「いいから、見帆は居間へ行って座ってて」

「はいはい。──亜希の珍しい台所姿も見ときたい」

「言ったわね。後でゆっくり見せてやる。ほら、行って！」

亜希が見帆の背中をぐいぐい押してやると、

「ちょっと！　やめてよ！──危いじゃないの」

と、見帆は笑い声を立てた。

居間へ、危うく転がりそうになって入って行くと——。

ソファに大高が座っていた。

「何だ」

と、大高は見帆を見て、「少し太ったんじゃないか」

見帆は、当惑した様子で、

「どうしたの？　何かあったの？」

「座って」

と、亜希は見帆の肩を叩いた。「ご招待したのよ、大高さんも。——話があるでしょ、ゆっくりしてて」

見帆は、亜希の言葉も耳に入らない様子で、ポカンとして突っ立っていた。

——十分ほどして、亜希がコーヒーをいれて運んで行くと、見帆は大高に寄り添って、しっかりと手を握っていた。

亜希は満足だった。いささか意地悪なやり方かもしれなかったが、友だちを喜ばせるのに、少しは自分も楽しみたかった、というだけのことだ……。

すきやきの肉は、多すぎるどころか、いくらか不足気味とも思えるほどだった。もちろん、一番食べたのは大高だったが、見帆も亜希がびっくりするくらい、よく食べた。

やっと火も消えて、そろそろ鍋《なべ》が空になるころ、大高がトイレに立った。

「――食べすぎて苦しい」

と、亜希は息をついた。「味も、まあまあだったね」

「最高よ」

「お肉のせいだけじゃないでしょ」

と、亜希は笑った。

いくらかビールも飲んで、にぎやかな雰囲気になっている。

「亜希ったら、友だちをからかって！」

見帆も顔が真赤だ。もちろん、火をつかっていて、暑いせいもあったのだが。

「――亜希」

「うん？」

「彼も泊っていっていいの？」

「でなきゃ、よばないよ。ね、良かったら、二人で私の部屋使って」

「亜希は？」

「一人寂しく、ソファで寝る」

「じゃ、亜希の時には、私、床でも外でも寝てあげるわ」

「その前に男が必要」

「そうか」

二人は笑った。

「——さ、片付けようか」

と、見帆は立ち上った。「少し運動して、消化を助けないとね」

「お風呂、お湯を入れるわ。大高君に、先に入ってもらってればいいものね」

「うん」

——亜希は、手早く浴槽《よくそう》を洗って、お湯を入れた。

大高も、皿を洗うのを手伝っている。大高と見帆、二人とも急いでいた。まるで、時計の針が追いかけて来る、とでもいうように……。

「おやすみ、亜希」

と、居間を覗いて、見帆が言った。

「ごゆっくり。私、この間借りたビデオ、まだ見てなかったから、見てから寝る」

「悪いね」

「明日は、昼ごろ起きりゃ充分ね」

「うん」

「おやすみ、見帆」

「おやすみ……」

――大高と見帆。

二人で使うには、亜希のベッドは少し狭いだろうか、でも、構やしない。二人でいられるのなら、どこだって同じだろう。

二階の、自分の部屋のドアが閉る音を、亜希は聞いた。

何となく、TVを点《つ》ける気にもなれない。

ソファに寝そべって、亜希はこの上もなく幸せな気分だった……。

11　バスの中の恋人たち

「亜希。――亜希」

と、体を揺さぶられて、亜希は目を開いたが、自分の方を覗き込んでいるのが、母の顔だと分って、（どうしてこんな夢を見るのかしら？）と思った。

夢に決ってる。だって、母は月曜日にならないと帰らないはずだ……。

それとも――もう明日になっちゃったのかな？　でも、夕方になるはずよ、帰りは。

「どうしてこんな所で寝てるの？」

と、母は言った。

パッと目が覚めた。——これは、夢でも何でもない。

母が帰って来たのだ。時計の方へ目をやると、七時を少し回ったところ。どう見ても、朝である。

起き上った亜希は、

「いつ帰ったの」

と、訊いていた。

「今よ」

と、母は言った。「誰か来てたの？」

「——うん。ゼミの友だちが」

「ソファなんかで寝て！　風邪引くわよ。ちゃんとベッドで寝なさい」

「うん……」

亜希は頭を軽く振って、「横になってたら、眠っちゃったみたい」

見帆と大高はどうしたのだろう？

母は、出かけた時のままの格好である。ということは……。

「まだ朝でしょ、どうしてこんなに早く帰ったの？」

と、亜希は、できるだけ、さりげない調子で訊いた。

「緊急連絡が入って。TVを見てないの？」

と、母は少し顔をしかめて、「大変だったのよ。交番が焼き打ちにあって、警官が二人、殉職……。本当に、許せないわ！」

交番の焼き打ち……。そういえば、ちょうど見かけたんだわ、と亜希は思い出した。

「それで帰って来たの？」

「そう。取り締りを厳しくすることになってね。〈G5〉でもすすんで協力する態勢を作ろうって。——お母さん、表で永沢さんの車が待ってるから」

「出かけるの？」

「そう。夜は遅くなるかもしれないから、どこかで食べてね」

「うん……」

母は、二階へ上っていないのだ。——見帆と大高が二階の亜希の部屋で寝ていると知ったら、どうするだろう？

やっと頭がすっきりして来ると、今度は、何も知らない見帆たちが、いつ目を覚まして下りて来るかと、気が気じゃなかった。母が早く出かけてくれますように！

亜希の心臓が飛び出しそうな勢いで打っていることも知らずに、母は、

「ええと……。手帳と、名簿……。それと何だったかしら」

と、呟きながら、バッグの中へ、必要な物を詰め込んでいる。

「着替えて行こうかしら……」

と言い出したので、亜希は飛び上りそうになった。

「永沢さん、待ってるんでしょ」

と言ってやると、

「そうね。——じゃ、昼過ぎに、もし戻れたら一旦《いったん》戻るわ」

「分ったわ」

早く行って！　出かけてよ！

今にも、見帆が階段を下りて来そうな気がして、亜希は冷汗をかいていた。

「——じゃ、何か電話があったら、聞いといてね」

と、母は玄関へ行く。

「うん、いいよ」

母が靴をはく。——見帆と大高の靴を、ちゃんと靴箱へしまっておいた自分に、亜希は拍手してやった。

「お腹が空いたら、適当に食べてね」

少し後ろめたいのか、出かけようとして、わざわざ母は振り向いて言った。

「子供じゃないわ。心配しないで」

「じゃ、行って来るわ」

「うん」

玄関を出る母を、亜希はサンダルをはいて、見送った。――表に車があり、運転席の人影は、よく見えなかったが、永沢に違いない。

母が車に乗り込み、車が走り出すと、亜希は、フーッと息をついた。

「全く、もう！」

全身から汗がふき出して来る。

もし、母が着替えに二階へ上っていたら……。今ごろ大高は永沢の手で逮捕されていただろう。

ドアを閉め、ロックして、チェーンまできっちりかけると、

「誰か来たの？」

「ワッ！」

と、亜希は飛び上った。

「ごめん、びっくりさせるつもりじゃ……」

パジャマ姿の見帆が、亜希の驚きように面食らって、突っ立っていた……。

「――交番の焼き打ち？」

と、大高は、亜希の話を聞いて、眉をひそめた。「妙な話だなあ」

「私、見たわ。燃えてるとこ」

と、亜希が言う。

「でも、焼き打ちになるような、そんな騒ぎ、起ってた?」

一緒に歩きながら、見帆が言った。「何もないのに、焼き打ちなんかしないわよ」

「それもそうね」

と、亜希は肯いた。「でも、母はそう言ってたわ」

「怖いな」

と、大高は首を振った。「マスコミは何でも、警察の発表した通りを、そのまま流す。その気になりゃ、公安事件なんて、いくらでもでっち上げられるよ」

「取り締りが厳しくなるようなこと、言ってたわ」

しばらく黙っていてから、大高は、ポツリと、

「いやな時代だな」

と、言った。

二人で、大高を送って行くところだった。

亜希は遠慮しようかと思ったのだが、見帆が来てほしがったのである。どうしてなのか、亜希にはよく分らなかったが……。

「ともかく――」

と、大高は亜希の方へ向いて、「君にはお礼を言わなきゃ」

「本当よ、亜希。嬉しかったわ」

見帆が亜希の腕を取る。——亜希は照れて赤くなった。

「友だちでしょ。——ねえ、二人で行ったら、もう?」

大高が住み込んでいる自動車の修理工場まで、もういくらもなかった。そろそろ九時を回っている。

母が、また何かの用事で帰って来たら、というので、三人はあわてて家を出て、朝食を取って来たのである。

「いや、もう一人で帰れるよ。見帆。君も、監視が厳しくなるかもしれない。窮屈だろうけど、我慢しろよ」

「分ってるわ」

見帆はしっかりと大高を見据えた。二人が手を握り合い、

「それじゃ——」

と、大高が行きかけた時だった。

「待って」

と、見帆が言った。「——パトカーだわ」

亜希は、そう言われて、耳を澄まし、初めて気が付いた。かすかに、パトカーのサイレンが聞こえる。

「——危なかった」

と、大高が息をつく。「あと三十分早く帰ってたら……」

まだ朝でもあり、バスの中は空いていたが、乗客はみんな何事かと窓の外を覗いている。

バスが、あの修理工場の前を通る。パトカーは、その前に停《とま》って、警官たちが工場の中へと緊張した面持《おもも》ちで、駆け込んで行った。

と、見帆が、低い声で言った。

「——見て」

パトカーが三台、サイレンを鳴らしながら、バスを追い越して行く。

バスが動き出すと、じきに、料金を払って、三人は息を弾ませながら、座席に腰をおろした。

バスは、三人を一旦追い越したが、降りる客もあって、間に合った。

三人は、四、五十メートル先のバス停へと一斉に駆け出した。

「ともかく、見られたらまずいわ。バス停まで走って！」

「どこに行くの？」

と、見帆は振り返って、「バスが来た！　あれに乗りましょ」

「用心に越したことないわ」

と、大高が言った。「でも、まさか——」

「こっちへ来る」

「何か残してある？」

と、見帆が訊く。

「いや、君や宮原君のことが分るようなものは、その都度、全部処分してる」

大高は、後方に遠ざかって行く、修理工場の方へ目をやって、「あいつの所に迷惑がかからなきゃいいけどな……」

と、呟いた。

「ともかく、これで、あなたの居場所が、またなくなったわけね」

「そうだな」

大高は肩をすくめて、「ま、一人なら何とでもなるさ」

見帆は、ギュッと唇《くちびる》をかみしめて、顔を伏せ気味にし、何も言わなかった。——亜希は何とも言いようがなく、ただ黙っていた。

バスは走り続けた。どこまで行くのか、三人とも知らなかった。

「——ねえ」

と、見帆が顔を上げた。

「うん？」

「連れて行って」

「無理だ」

「一緒に逃げましょう」

「君も共犯ってことになる。今なら、君はまだ要注意人物というだけだ」

「だって、もう会えなくなるわ」

亜希は、圧倒される思いで、見帆の言葉を聞いていた。――恋する男のために、何もかも捨てるつもりなのだ。今、すぐに。

とても亜希には真似のできないことだった。

いや、もし本気で誰かに恋をしたら、亜希だって、同じように……。

そうじゃない。――とても無理だ。亜希は見帆のように、一旦進む道を決めたら、どんな障害があっても突き進むという性格ではないのだ。

バスの中、まさか大高に抱きつくわけにはいかないにしても、見帆はできることならそうしたかっただろう。その代り、大高の手を、固く固く、握りしめているしかなかったのだ。

「分ってくれよ」

と、大高は言った。「君が少しは動けるようでないと、仲間との連絡も取れない。二人で、本物の犯罪者みたいに、逃げ回るだけになっちまうよ」

それでもいい、と見帆の目は言っていた。二人でいられるのなら、と。

しかし――見帆は、自分を抑えた。顎《あご》がかすかに震えていたが、微笑みさえ、浮かべて、

「そうね」

と、肯いたのだった。「また、こうして会えるわね」

「そうだよ」

「今はどこへ行く？」

「そうだな……」

大高は途方に暮れている様子だった。

「あそこ、どうかしら？　以前、ゼミの合宿で使ってた……」

「ああ。いいかもしれない。まだ残ってりゃね」

「行ってみましょう」

「うん」

見帆は、もういつもの、行動的な見帆に戻っていた。

「亜希、付合ってくれる？」

「うん。だって、場所を知らないと。私が連絡係でしょ」

見帆は、ちょっと目を伏せて、

「亜希に、危いことさせて、本当に申し訳ないと思ってるのよ」

と、言った。

「また！　見帆らしくないよ。私は大丈夫。誰も私のことなんて目をつけないわよ」

と、亜希は笑って言った。

「それに宮原君のお母さんは〈G5〉の幹部だ。力を貸してもらえれば、こんなに助かることはないよ」

大高の言葉は、母のことを恥じる気持と、大高の役に立てるという嬉しさと、入りまじった、奇妙な気分を、亜希の中によびさました。

――三人は、バスを降りると、電車を乗り継いで、郊外へ向った。

都心を離れると、いくらかではあるが、のんびりした風景が広がり、空気ものびやかな呼吸を促すように思えた。

私鉄の、各駅停車の電車だけが停る、小さな駅で降りて、大高はトイレに行った。

見帆と二人、先に改札口を出て、

「――いいお天気ね」

と、亜希は空を見上げた。

「うん……」

見帆は、両手を後ろに組んで、足下の小石をけりながら、「――ありがと、亜希」

「何が？」

「ゆうべのことよ。こんな事になると、ゆうべが余計に貴重だわ」

「楽しかった？」

「うん」

見帆はニッコリ笑った。

「のろけて！」

と、肘《ひじ》でつついてやると、見帆は声を上げて笑った。

見帆には分っていたのだ。ゆうべのような夜は、もう当分——あるいは、二度と——来ないに違いない、ということが。

「にぎやかだな」

と、大高が出て来て、言った。

「亜希、走ろう！」

と、見帆が駆け出す。

「ＯＫ！」

「おい、待てよ！——おい！」

大高が、ハアハアいいながら、二人の後を追って、走り出した。

——秋は、まだ爽やかだった。

12　追われる者

玄関のチャイムが鳴った。

亜希は、居間のソファで居眠りしていて、チャイムの音で、ハッと目が覚めた。TVが点《つ》けっ放しになっている。

時計を見た亜希は、もう九時を回っているのを見て、びっくりした。その間にも、またチャイムが鳴る。

母だろうか?――母だったら、チャイムなんか鳴らさずに、勝手に入って来るだろう。

インタホンに出て、

「どなたですか」

と、訊く。

「父さんだ」

亜希は、一瞬、言葉が出なかった。

「お父さん?――ちょっと待って!」

あわてて玄関へ出る。鍵だけでなく、チェーンもかけてあるし、前にはなかった、もう一つの鍵も、ドアの上の方に取り付けられていた。永沢が、〈G5〉の幹部として、母がテロに狙われる可能性もあるから、と、わざわざドアごと鉄製のものに取りかえたのだ。

やっと開けると、父の笑顔があった。

「――お帰り。びっくりした！」

と、亜希も、やっと笑顔になる。

「大阪だぞ。三時間で来る」

と、父は入って来て、「母さんはいないのか」

「毎日お出かけ」

と、亜希は父のボストンバッグを持とうとしたが、

「いや、いいんだ。仕事のものが入ってる」

と、父は言って、上った。「お前、晩飯はどうしたんだ？」

「あ、そうか。――どうりで気分が悪いと思った」

「呑気な奴だ」

と、父は笑って、「俺《おれ》もまだなんだ。どこかに出て食べるか」

「うん！」

「じゃ、仕度しろよ。コートぐらい必要だぞ、風が冷たい」

父は、居間へと入って行った。

亜希は急いで二階へ上り、ブルゾンをはおって、下りて来た。

父が台所から出て来ると、

「冷蔵庫は空っぽだな」

「だって、お母さん、全然買物にも行ってないもの」

「そうか」

父は、少し疲れて見えた。亜希は、父の髪がずいぶん白くなっているのに気付いて、ハッとした。

もちろん、秀治を亡くしたショックもあっただろうが……。

「タクシーを呼んだよ。外に出て、待ってようか」

父が、亜希の肩を抱いて、言った。


「――出張なの?」

と、亜希は訊いた。

手は、ステーキの柔らかい肉を切り分けている。

「いや、本社へ戻ることになったんだ」

父の言葉に、亜希は面食らった。

「じゃ……。ずっと家にいられるの？」

「そういうことになる」

「良かったじゃないの！」

「——会社の方で、気をつかってくれた。秀治のことがあったからな」

父は、あまり食欲がない様子だった。

「お母さん、何も言ってなかった」

「知らせてない。あまり喜ばんかもしれないしな」

そんなことないよ、と言ってやれないのが、亜希にも辛かった。もう、父の居場所は、母の生活の中にはなくなってしまっている。

父はガラス越しに、町の灯《ひ》を眺めて、

「妙な世の中になったな」

と、独り言のように言った。

——交番の焼き打ち事件以来、町には警官が溢《あふ》れるようになった。大学生の活動家は、何もしていなくても、「破壊活動の予防」の名目で次々に摘発されて、大学も即時に退学扱いとした。

どの大学からも、プラカードや立て看板の類《たぐい》は一切消えた。文化祭も何となく火の消えたような、元気のないものになり、キャンパスは今、「お通夜《つや》みたい」と、見帆が言う通りの静けさだった……。

見帆は、二度ほど警察から呼び出しを受けたが、その後は普通に大学へ通って来ている。しかし、常に監視され、尾行もされていたし、何より大学の中を、公安の刑事がフリーパスで出入りしているので、講義中も重苦しい雰囲気だった。

学生のロッカーを勝手にあけて、中を調べることも平気でやった。大学側は何の抗議もしようとしなかった。

「お父さん……」

と、食後のコーヒーを飲みながら、亜希は言った。「お母さん、変ったよ」

「ああ。何だか出世したもんだな」

「そうじゃなくて。人が変ったの」

亜希は、一宮の叔母が来た時のことを、父に話してやった。父は眉をくもらせて、

「そんなにひどいことを言ったのか」

と、ため息をついた。「実は、一宮君からも相談されたんだよ」

「じゃ、聞いたの？」

「いや、詳しいことは今、初めて聞いたが。――母さんが押しつけた公安条例推進の署名さ。一宮君は反対の立場だ。何とか母さんに話してもらえないか、と頼んで来た」

「そう……。公市君のことを交換条件にするなんて、ずるいよ」

「ああ。俺も同情はしたが、とても、女房の気持は変えられない、と言ったよ。——気の毒だが、仕方ない」

「無理よ。お母さん、あの——」

永沢の名を口にしようとして、ためらった。

しかし、父は聞いていなかったようだ。ゆっくりとコーヒーを飲むと、

「会社を辞めることになるかもしれない」

と、言った。

「え?」

亜希はびっくりした。「何かあったの」

「友だちに誘われてる。小さな出版社だが、妙なことに気をつかわなくてすむ」

父は微笑んだ。

「妙なこと?」

「うむ。——大阪で、俺の下にいた男が、突然クビになった。何も仕事で手落ちがあったわけじゃないんだ。本人も呆気《あっけ》に取られていた。——真面目で、よく働く男でね。女房と赤ん坊をかかえて、突然失業だ」

「どうして?」

「俺は支社長の所へ行った。——話にならない。『アカはいらん』と一言で終りだ」

「アカ？」

「何のことを言っているのか、さっぱり分らなかった。過激派なんかと係わり合う男じゃないんだ。──部長にしつこく訊いて、やっと分った。彼は原子力発電に反対するグループに入ってたんだ。大学時代、原子力工学を勉強していた男なんだが」

「でも……お父さんの会社、そんなものと関係ないでしょ」

「もちろんだ。彼は休日に反原発のパンフレット作りをやっていたぐらいのことだ。それを電力会社がわざわざ支社長のところへ知らせて来たんだ。お宅の何とかという社員は反体制の活動家だといってね」

亜希は呆《あき》れて言葉も出なかった。

「──それでクビに？」

「うん。──そんなことで突然辞めさせられるような会社にいるのも、いやになってね。まあ、収入は多少減るかもしれないが……」

「そんなことといいけど……。お母さんが聞いたら、怒るかもしれないね」

「怒るなら、まだいいさ」

と、父は笑った。

──亜希は、父と二人でタクシーを拾い、家へ戻った。

玄関の鍵をあけていると、車が来て、停った。振り向いた亜希は、母が永沢に送られて来たのだと知って、チラッと父の方を見た。

「——あなた」

母は、父の姿を見て、目を見開いた。「どうしたの？」

「急に本社へ戻ることになったんだ」

と、父は言った。「亜希と晩飯を食べて来たところさ」

母は酔っていた。〈G５〉の幹部同士で飲んで来たのだろう。

「宮原さんですか」

永沢が、何くわぬ顔で、「永沢といいます。奥さんには、大変ご協力をいただいて」

「刑事さんですね」

と、父は言った。「お噂はうかがっています」

母がチラッと亜希を見た。亜希が何かを吹き込んだと思ったのだろう。

「奥さんは大切なポストについておられるので、ついついお呼びたてしてしまうんです。心苦しい次第ですよ」

と、永沢は言った。「——では、奥さん、これで」

「どうも、お世話様」

と、母が永沢に会釈《えしゃく》する。

いかにもぎごちない会話だった。

車の方へ戻りかけた永沢へ、

「刑事さん」

と、父が声をかけた。

「何です？」

「酔って運転ですか。いいお手本ですな」

父はドアを開け、家の中へ入って行く。母の顔が、怒りでこわばるのを、亜希は見た。

亜希は、寒々とした廃屋の中へと、入って行った。

「——大高さん。亜希です」

声が、ガランとした建物に響く。古い石作りの建物は、もうずいぶん長く放置されているらしい。

「大高さん……」

と、亜希は不安な気持になりながら、もう一度呼んだ。

「やあ」

背後で声がして、亜希はびっくりして飛び上った。

「——おどかしてごめん。缶ジュースを買って来たんだ」

と、大高は笑った。

「ああ……。死ぬかと思った！」

と、亜希は大げさに胸をなで下ろし、「——見帆は相変らず来られなくて。これ、お弁当です」

「いつも悪いね」

「それと、電池式のカミソリ。——ひげがのびると、むさ苦しいから」

「放浪者そのものだよ」

大高は、顎をさすって、「ちょっと待っててくれる？　ひげを当りたい」

「ええ。どうぞ」

——大高が、寝起きしている奥の部屋へ入って行くと、亜希は、紙袋を手に、待っていた。

いつまでここに隠れていられるかも、はっきりしない。もうすぐ冬になる。——ここでは冷蔵庫のような寒さだろう。

しかし、そういうことは、見帆が考えているに違いない。大高の所へやっては来られないにしても——いや、それだからこそ、できる範囲のことを、必死でやっているに違いないのだ。

くよくよと泣いて暮したりはしない。見帆はそんな子ではないのだ。

「入ってくれ」

と、大高が言った。

マットレスを床に置いただけの「ベッド」では、いかにも寒そうだ。

「毛布、足ります？」

と、亜希は訊いた。「あと二枚くらい、持って来ましょうか」

「そうだね。電気がないってのは、不便だよ全く」

と、大高は言った。

「毎日来られるといいんだけど……」

「いや、とんでもない。今だって、ありがたいと思ってるんだ」

大高は、見帆の作った弁当を、広げて食べ始めた。――時には、亜希も作って来ることがある。

しかし、もともとそんなことをほとんどしなかった亜希である。母が変に思っても、と心配だった。

――アッという間に食べ終えて、大高は息をついた。

「これ……。お金です」

と、亜希が布の袋に入れた小銭を渡す。

自動販売機で、食べるものならたいていは手に入る。顔を見られないために、大高はできるだけ、それで食事をすませるようにしていた。

「うん……。しかし、何とか考えないとなあ」

と、マットレスに腰をおろして、大高は言った。「こうしてても、事情は一つも好転しない」

「そうですね」

「持って来てくれたラジオを聞くだけの一日だ。――見帆に、これを渡してくれないか」

大高は、折りたたんだ紙を、差し出した。

「手紙ですか」

「うん」

大高はただ肯いただけだったが、その手紙が大切なものだということは、亜希にもよく分ったのだ……。

13 冬

「冬になったね」

と、見帆は言った。

「うん……」

亜希は肯いて、「もう春が来ない、って感じ」と、言った。

亜希は、別に今の大学の状況を頭に置いて言ったわけではない。大体寒いのが苦手だし——暑いのも、だけど——今日は最低気温が昼間に出るという、どんよりと曇った、真冬の一日だった。

十二月の十日。——いつもなら、もう冬休みが間近で、どの学生たちも浮足立って、スキーだのハワイ旅行だのと騒いでいる時期である。

いや、今の大学だって、そうやってにぎやかにやっている学生たちはいくらでもいる。むしろ、亜希や見帆たちの方が、例外的な存在かもしれなかった。

大学の近くの喫茶店に入った二人は、そのまま別れて家に帰るのも気が重くて、何となく時間をつぶしていた。何となく、何もしない、という時間がふえていた。

亜希はともかく、見帆はもともと、そういうタイプではない。何もせずにいる、というのが辛い性格なのである。

特に、大高雄治のために、やってあげたいこと、やらなくてはならないことがいくらでもあるだろうに……。

亜希は、自分の方から大高の話は出さないように、気を付けていた。何も言わなくても、見帆はいつも大高のことを考えているはずだったからだ。

「ご苦労様ね」

と、見帆が言った。「この寒いのに」

店の表に、コートの襟《えり》を立て、寒そうにちぢこまっている男の姿があった。――見帆を見張っている刑事である。

「昨日もあの人だった？」

と、亜希は訊いた。

「そう。二日ごとに変るの。四人でローテーション。もうなじみよ」

と、見帆は笑った。

この、決してやけにならない見帆の逞《たくま》しさが、亜希には驚きだ。――私も、恋をしたらこんな風に強くなれるのだろうか？

まだずいぶん若い刑事である。若いから、こういう仕事に駆り出されるのだろう。

「――このところ、電話がないの」

と、見帆は言った。「心配だわ」

もちろん大高のことである。

「寒いしね。――明日、何とかして行ってみるよ」

「悪いね」

と、見帆は言って、外の灰色の空を見上げた。「どこか、いい場所がないかと思ってるんだけど」

もちろん、大高は見帆の家に電話をして来るわけではない。「要注意人物」の家の電話が盗聴されているのは、公然の秘密である。

曜日と時間を決めて、あちこちの喫茶店で見帆は電話を取るようにしていた。それでも、いつも大高がかけて来られるとは限らない。

「お父さん、結局、お宅には帰ってないの？」

と、見帆が訊いた。

「うん。一人でアパート借りてるよ」

と、亜希は微笑んだ。「気分的には楽みたい」

「お母さんは何も言ってない？」

「ほとんど口きかないもん。毎晩遅いしさ」

母は、父が家を出てからは、ほとんど大っぴらに永沢と会うようになった。亜希も何も言わないし、母の方も説明しない。その必要もない、と思っているのだろう。

「――年末にね、〈G5〉の忘年会があるみたいよ」

と、亜希は言った。「呑気なもんだわ」

「忘年会？　どこで？」

「熱海とか。――二十七、二十八日って、泊りがけで。宴会やって、その内、男とどこかの部屋へ消えるんでしょ」

見帆がふき出した。亜希が面食らって、

「どうしたの？」

「だって——公安の刑事さんも大変だな、と思ったのよ。おばさんたちの相手までしなきゃいけないんじゃね」

と、見帆は笑いながら言った。

「そうか。——見帆のこと見張ってる方が、まだ楽かもね」

「本当」

見帆は、表の若い刑事を眺めていたが、何を思い付いたのか、「——ちょっと」

と、ウエイトレスを呼んで、

「コーヒーを一つ、すみませんけど、あの表に立ってる人に届けて下さい」

「はあ？」

ウエイトレスが目を丸くする。

それでも別に断られもせず……。ウエイトレスが、お盆にコーヒーカップをのせて、道を渡って行くと、若い刑事は面食らっている様子だった。

見帆は、いたずらっぽく手を振ってやった。刑事は、しばらくためらっていたが、結局、立ったまま、カップと受皿を手に、コーヒーを飲み始めた。

「飲んだ、飲んだ」

と、見帆は笑って、「人間だってことが分って、ホッとするね、ああいうの見ると」

「物好きねえ、見帆も」

と、亜希も笑いながら、見帆の心のゆとりのようなものに、感心していた。

もし自分が見帆の立場だったら……。コーヒーに塩でも入れてやるのに。

見帆と亜希は、見帆の家の近くまで、一緒に来ていた。

「寄ってく？」

と、見帆が訊く。

「またね。少しは勉強もしなきゃって気分なの」

と、亜希は笑って言った。

「そう。じゃ、また明日ね」

「うん。――明日、もし行けるようなら……」

亜希の言葉が途切れた。

住宅地なので、そう道は広くない。その道をほとんどふさぐような大きさの、真黒な車が、目の前に姿を見せた。

窓には太い金網が張られて、ガラスの奥は何も見えない。

装甲車みたいな造りの車である。町中でも珍しくなくなった、右翼団体の車だった。

以前はよく、古い軍歌とかを町中にまき散らして走っていたものだが、今はあまりそんなことはなく、却《かえ》ってそれが無気味だった――。

車が停って、黒っぽい制服に身を包んだ男たちが五、六人、降りて来た。

見帆が青ざめながら、しっかりと両足を踏んばって立つ。

「見帆……」

「離れてた方がいいわよ」

「でも――」

頭を剃《そ》り上げた男たちは、顔を見ると、まだせいぜい二十歳《はたち》そこそこ――。亜希たちと大して離れていないのだ。

「――私に用ですか」

と、見帆が言った。

顔がこわばってはいるが、声は震えていない。

「日比野見帆さんですね」

と、少し年長らしい男が言った。

「だったら?」

「訊きたいことがあるから、一緒に来て下さい」

平板な、機械がしゃべっているような声だった。

「お断りします」

と、見帆は言った。「警察でもないのに、何の権利で人を連れて行くの?」

相手は戸惑っているようだった。――若い隊員たちが、見帆の周囲を囲んだ。

「上からの命令ですから」

と、その男は言った。「ともかく、連れて行きます」

――亜希は、少し離れて立っていたが、このままでは、とても見帆が連れ去られるのを止められない、と思った。

亜希は、いきなり駆け出した。

あの若い刑事が、戸惑った様子で、立っている。

「止めて!」

と、亜希はその刑事の腕をつかんで、言った。「見帆が連れて行かれる!」

「しかし……」

「無事に帰れないわ、一旦《いったん》連れて行かれたら。早く止めて」

「だけどね――」

「私の母は〈G5〉の幹部よ。公安の永沢とも親しいんだからね! あんたの首ぐらい、簡単に飛ばしてやるから!」

と、亜希はまくし立てた。

狙いは、刑事といっても、必ずしもこういう右翼グループとうまく行っているわけではないということだ。

その辺のことは、母や永沢の話を聞いていると、理解できて来る。この若い刑事の中にも、わがもの顔に振る舞う連中への反感があるはずだった。

「さっき、あんた、見帆のおごったコーヒーを飲んだでしょ！　あれは寒いとこであんたが立ってて可哀そうだから、って、見帆が――」

「分った。分ったよ」

と、その刑事は、意外に爽やかな笑顔を見せた。

あの制服のグループは、見帆の腕を取って、車へ乗せようとしていた。

「――おい、待て！」

と、刑事が声をかける。「その娘は、こっちで用事があるんだ」

制服の男たちは、顔を見合わせた。

「邪魔をしていいのか」

と、リーダーらしい男が、刑事の方へ向って行く。

「止れ」

刑事が拳銃を抜いたので、亜希はびっくりした。真直《まっす》ぐに手をのばし、相手の男の胸にピタリと狙いを定める。

「それ以上近付くと撃つぞ」

「分ってるのか、俺たちが――」

「誰でもいい。そっちが俺の邪魔をしているだけだ」

しばらく沈黙があった。

「――そいつを放せ」

と、リーダーの男が言った。「また来るからな」

男たちが車に戻り、その車がエンジンの音を響かせて走り去ると、亜希はホッと息をついた。

「見帆！　大丈夫？」

「うん……」

見帆は胸を手で押えると、「今になって、怖くなった」

と言って、かすかに微笑んだ。

「あいつらも無茶だな」

と、刑事は苦々しげに言った。

「ありがとう。――ともかく、助かったわ」

と、見帆は、その若い刑事へ言った。「あなたが、何かまずいことにならないの？」

「いや、大丈夫」

刑事が首を振って、「任務は君を見張ってることだからね。連れて行かれたんじゃ、見張ってもいられない」

「理屈だわ」

と、亜希は言った。

何となく楽しい気分だった。

「じゃあ……。ご苦労さま、亜希」

「うん、また明日」

亜希は、少し軽い足取りになって、道を急いだ。

陰気な冬の空が、それほど気にならなくなっていた。

14 熱

「――大高さん？」

と、亜希は呼びかけてから、ドキッとした。

いきなり名前を呼んじゃいけない、と言われていたのだ。

もし、警官でも隠れていたら、言い逃れできない。ここで捕まったら、「たまたま迷い込んで」

じゃ通らないだろう。

——大高が、この廃屋に身を隠してから、もう一か月以上。

日を追って寒くなり、この中も大高が笑って、

「天然冷蔵庫だから、腐らなくていい」

と言うぐらい、冷え切っていた。

もちろん、一日中ここにいるわけではないにしても……。

「いないのかな」

と、亜希は呟いた。

いつも大高が寝起きしているのは、奥の部屋だ。

比較的、風の入らない部屋を選んでいるのだが、もちろん、「暖かい」ところまではいかない。

亜希は、用心しながら、戸口の壁をトントンと叩いて、顔を覗かせた。——大高の寝ているマットレスと毛布。

やっぱり、どこかへ行ったんだ。

亜希は、食べる物を入れた紙袋を手に、中へ入って行った。

黙って置いて行くか。——でも、本当なら大高の顔を見て帰りたい。見帆を安心させてやりたかったのだ。でも、いつまでもここで待っているわけにも——。

その時、突然背後で何かが動く気配があって、亜希は、

「キャッ！」

と、声を上げて、飛び上りそうになった。

「——大高さん！」

大高が立っていた。——いや、毛布を体に巻きつけ、壁にもたれて、やっとの思いで立っている、という様子だったのだ……。

「真青ですよ！　どうしたの？」

「君か……」

大高は、弱々しい声を出した。「悪いけど……何か飲み物を……」

そう言って、大高はゆっくりと亜希の方へ倒れて来る。亜希はびっくりして、

「ちょっと——ちょっと、しっかりして！」

抱き止めるにも、男の体重を受け止めるほどの力はない。何とか床に頭をぶつけないように寝かせるのが、精一杯だった。

「いやだ……。大高さん！」

大高の呼吸は早かった。普通ではない。

真青な顔には、汗が浮かんでいる。亜希はこわごわ、大高の額に手を当ててみて、今度は自分が青くなった。

凄い熱だ！

こんな所にいれば、いずれこうなって、おかしくはない。しかし……。

亜希は途方にくれてしまった。――どうしたらいいだろう。

大高は、もう意識がなくなっていた。このまま放《ほう》っておいたら……。もうたぶん肺炎になっているのだ。

「大高さん……」

お願い。何とか言って！

亜希は、しばらく大高の傍《そば》に、膝《ひざ》をついて、ぼんやりと座り込んでいた。――こんな時、自分で判断を下して、てきぱきと行動するという性格ではないのだ。

でも……この人は死んでしまう。何とかしなければ、死んでしまう。

見帆を呼ぶことは論外だった。見張られているし、電話もかけられない。

ここは私が何とかしなくてはいけないのだ。

この人の命が、私にかかっている。

――亜希は、ゆっくりと立ち上った。

ある考えが、頭の中に閃《ひらめ》いた。あまりに無茶な考えのようにも思えたが、しかし、それしか方法はない、と亜希は思った。

いや、後になれば、もっといい方法があったと思い付くのかもしれないが、今はそれしかない。

亜希は決心した。

廃屋から駆け出して行くと、冷たい空気を吸い込んで、鼻や喉《のど》をヒリヒリと痛めながら、夢中で駆けた。

電話——公衆電話がどこかにあったはずだ……。

電話ボックスを見付けると、亜希は中へ飛び込んだ。テレホンカードを取り出す手間も惜しい。

手帳を開く。——こんな番号を、よくメモしておいたものだ。

万が一、何かで母に連絡を取る必要があったら、と思ったのだが……。

いるだろうか？——亜希は呼び出し音が聞こえて来るのを、身震いするような緊張の中で聞いていた。

「——はい」

と、男の声がした。「——もしもし？」

当の永沢が出るとは思っていなかったので、亜希はびっくりした。

「もしもし？——どなた？」

亜希はちょっと息をついてから、

「永沢さんですか」

と、言った。「宮原亜希です」

「やあ」

意外そうな声だった。「何だ、びっくりしたよ」

「すみません。お忙しいんでしょ」

「いや、構わないが……。昨日のことかね？」

「え？」

亜希は、思い当った。昨日、見帆が連れ去られそうになったことを言っているのだ。

「いえ、そうじゃないんです。――あの刑事さん、何かまずいことでもあったでしょうか？」

「いや、そんなことはない」

永沢は意外に上機嫌《じょうきげん》だった。「あの連中のやることも、時々はめを外しすぎるんでね、いいんだよ。少しはショックを与えるのも。しかし君も、なかなか度胸があるじゃないか。久保田から聞いたよ」

「久保田さんっていうんですか、あの刑事さん」

「うん。君の凄い剣幕に押し切られて、と頭をかいてた」

「よろしく伝えて下さい」

と、亜希はできるだけのんびりと聞こえるように、言った。「それで……実は、ちょっとお願いがあるんですけど」

「ほう？　珍しいね」

「母には内緒なんです」

と、亜希は、少しいたずらっぽく聞こえるように努力した。「約束して下さい」

「こいつは面白い」

と、永沢が笑って、「お母さんに内緒か。――いいだろう。約束する」

「友だちが……困ってるんです。病院に入りたいんですけど」

「病気なのかね」

「え……。あの……あんまり人に知られたくない状態で……」

と、口ごもると、永沢は声をひそめて、

「女の子かね、友だちは」

「え――そうです。ちょっとへまやって、妊娠しちゃった、って……。それで何か様子がおかしいんです」

「そりゃ危いね」

「両親は外国へ行ってて、一人なんで、何とか、知られない内に……。それで、永沢さんにどこか病院を紹介していただけないかと思って」

少し間があった。——永沢は信じただろうか？

亜希の顔から、汗が流れ落ちた。

「亜希君、君……」

「何ですか？」

「いや——お母さんには絶対に言わない。正直に言ってくれ」

「何を？」

「君自身のことじゃないんだろうね」

永沢は本気で心配している。

亜希は、ふき出してしまった。これは演技ではなかった。

これが、永沢を信用させたらしい。

「分った。——じゃ、都立のN病院がいい。知ってるね」

「はい」

「僕の方から、総看護師長に連絡しておくよ。救急車を回す？」

「いえ——タクシーで行きます」

「分った」

「あの——病気のこととか、何も言わないで下さい。自分で説明しますから」

「分った。──しかしね、亜希君」

「はい」

「嬉しいよ。頼って来てくれて」

永沢の口調は、まんざら嘘でもないようだった。「今度、食事でもどうだね」

「──母と一緒じゃ、つまらない」

と、亜希は言ってやった。

「お母さん抜きでもいいがね」

亜希はドキッとした。──永沢は本気で誘っている。

「じゃあ……。電話して下さい」

「うん。──それじゃ、病院にはすぐ連絡しておく」

「お願いします。あの──色々、うるさいこと、訊かないでくれと言って下さい」

「分ってるよ」

と、永沢は笑った。

亜希は、電話を切った。──体から、汗がふき出して来る。

ピーッ、ピーッ。

うるさいわね。何よ、一体？

ピーッ、ピーッ。

テレホンカードが戻って来ているのだ。亜希はやっとそれに気付いた。

「——あら、女の子じゃなかったの？」

タクシーを覗き込んで、その年輩の看護師長は、不思議そうに言った。「永沢さんは女の子だって言ってらしたけど」

「いやだ。ちゃんと説明したのに」

と、亜希はわざと口を尖らして見せた。

「ま、いいわ。ともかく——降りられる？」

大高は、よろめくようにタクシーを降りた。

そして、そのまま、バッタリと倒れてしまったのだ。

「まあ！——凄い熱！　どうしてこんなになるまで……。待ってて！」

看護師長が、中へ駆け込んで行く。

亜希は、タクシー代金を払って、大高を抱き起こした。

「しっかりして！　病院よ」

と、呼びかける。「もう大丈夫だからね！」

若い看護婦たちが、ストレッチャーを引いて、駆けつけて来る。

——亜希は、大高がストレッチャーに乗せられ、運ばれて行くのを見送った。

もう、やってしまったのだ。今さら、どうにもならない。

自分でも、どうやってここまで大高を運んで来たのか、よく分らなかった。ともかく、タクシーを呼んで、大高の顔を水で洗って何とか支えて歩かせた。

そして……。もう、亜希の方が倒れるかと思った。

もちろん危い賭《か》けだ。永沢が、大高のことに気付くかどうか。

しかし、まさか亜希がそれほど大胆なことをやるとは、思っていないだろう。

亜希は、ともかく大高が何とか助かりますように、と、それだけを祈っていた。

「——ちょっと」

と、呼ばれて、亜希は我に返った。

「はい」

「入院の手続きをしてね」

と、看護師長が言った。

「——今夜、友だちの所に泊るから」

と、亜希は母に電話を入れて、言った。

「そう。分ったわ。お母さんも帰れるかどうか分らないの」

母の声は、少し疲れていた。「じゃ、今、会議中だから、切るわ」

「うん。それじゃ――」

母が電話を切ってしまった。

亜希にとっては幸いだが、同時に、腹も立った。勝手なものだ。

病院は、もう大分静かになっていた。

夜が早いので、少し廊下も薄暗くしてある。

――亜希は、そっと、六人部屋の病室へと入って行った。入口には、〈高橋安男〉という名札が入っている。

永沢の力は大したものだった。保険証も何もなしで、あっさり入院させてくれたし、事情も訊かれなかった。

何とか……。ここで持ち直して、早く退院できれば。

病室の一番奥のベッドで、大高は眠っていた。

傍の椅子に腰をかけ、そっと大高の様子をうかがう。

息づかいは、静かになっていた。

そっと手を伸ばし、額に触れると、もうほとんど熱はなかった。

良かった……。ともかく、最悪の事態は切り抜けたのだ。

亜希は、ぐったり疲れてはいたが、今まで味わったこともない満足感に充《み》たされていた。

こんなに必死になって誰かを助けたことなんてなかった。

見帆が聞いたら、仰天して引っくり返るかな……。

亜希は、ふっと笑った。――笑う気になれたのだ。

かすかな明りに、大高の寝顔が浮かんでいる。――無精ひげで少し顎の辺りが黒ずんで見える。

突然、亜希は、今の今まで、見帆のことを忘れていたのに気付いた。

見帆のために、大高を助けたのではなかった。大高のためだった。それはつまり――自分自身のためだったのだ……。

亜希は、突然気付いた。――いや、前から気付いてはいても、それは充分に隠しておけるものでしかなかった。

だが、今はもう……とても無理だ。

私は、この人が好きなんだ。

亜希は、胸の中で呟いた。――私はこの人が好きなんだ……。

――見帆。

見帆の顔も、浮かんだ。しかし、それはすぐに大高の顔にとってかわられる。

見帆を裏切ることになっても……。仕方ない。

私はこの人が好きなんだ。

亜希は、大高の手をそっと取ると、両手で握り、それから、静かに顔を近付けて、手の甲に、唇をつけた……。

15　暖かい日

「さあ、ゆっくりしてくれよ」

と、永沢は言った。「──大丈夫かい？」

「何とか……」

亜希は、まだ熱に浮かされてでもいるように、ボーッとしていた。といって、大高みたいに、熱が出たわけじゃない。単に、ワインの飲み過ぎなのである。

「ここ、永沢さんの部屋？」

と、亜希は、そう広くはないが、かなり豪華なインテリアの施されたマンションの居間の中を見回した。

「事務所の一つさ」

永沢が、飾り棚《だな》を開けると、洋酒のボトルがズラリと並んでいる。「何か飲むかね」

「もう沢山」

と、亜希は首を振って、「飲むんなら、コーヒーでも」

「いいよ。じゃ、淹《い》れてあげよう」

永沢も、かなり飲んだはずだが、ほとんど顔にも出ていない。

「手を洗わせて下さい」

「出て左の奥だよ」

言われた通りに、廊下を行くと、右手のドアが少し開いていて、亜希は中を覗いてみた。

——セミダブルぐらいの大きなベッドが二つ。ホテルのように、きちんと、整えられている。

そうか。きっと、母もここで永沢に抱かれているのだ。

自分には関係ない。どうでもいいことだ、と思っても、亜希の胸に、苦いものがこみ上げて来る。

洗面所で顔を洗う。——少し、すっきりした。

まさか、こんな所まで来るつもりではなかったのだが……。「親友」を入院させるのに手助けしてくれたお礼、というので、永沢との夕食を付合ったのである。

その席で少々ワインを飲み過ぎて、レストランを出てから気分が悪くなり、ここへ連れて来られた、というわけだった。

「——やあ、大分元気そうになったね」

居間へ戻ると、永沢が言った。

「おかげさまで」

亜希は、ソファにかけて、漂って来るコーヒーの香りに、ホッと息をついた。

「今夜は、誰と一緒か、お母さんは知らないんだろ？」

と、永沢が訊いた。

「ええ、もちろん。最近はほとんど口もきかないし……」

それは事実だった。母はこのところ、家事もやらなくなっていて、毎日、家政婦がやって来ては、掃除や洗濯《せんたく》をして行く。

亜希は毎日、外で食事をするようにしていた。母とは、たまに、朝起きた時、顔を合わせるだけだ。

「お母さんは大変な仕事をしているからね」

と、永沢はコーヒーをカップに注《つ》いで、亜希の前に置いた。「僕も飲もう……。君が僕と二人で食事したと知れたら、怒るかな、お母さんは」

「さあ……」

亜希は、笑顔を作ることもできなかった。――大人っていうのは、何て醜いものなんだろう。明日は、何食わぬ顔で母と会っていられる……。もちろん、自分だって――私だって、子供じゃない。でも、こんな男とは違うのだ。

「友だちの方はどうだね」

と、永沢が訊いた。「例の入院した友だちだが」

亜希は、永沢が大高のことに気付いているのかと、一瞬ドキリとしたが、そんな様子でもなかった。おそらく、亜希に感謝させたいと思ったのだろう。

「ええ、おかげさまで。二、三日の内に退院できそう」

「そりゃ良かった。――また何か困ったことがあれば、言ってくれ」

「はい」

永沢は、ソファに、亜希と並んで座っていた。――当然、永沢は亜希を、ここへ理由もなしに連れては来ないだろう。

でも……。この場所を知っておくのも、何かの役に立つ、と亜希は思ったのだ。

永沢に肩を抱かれると、亜希は、力をこめて押し戻した。

「やめて下さい」

「お母さんを気にしてるのか？」

永沢は怒っている様子でもなかった。むしろ、面白がっている。

「ここでも母と寝るんでしょ」

と、亜希は言った。「いやだわ、そんなの」

「分った。今夜は手を出さないよ」

永沢は、両手を上げて見せた。――亜希はちょっと笑って、

「立派な刑事さん」

「おやおや、皮肉だね。ま、法の番人も人間だからな」

「暮れは、母たちの〈G5〉の旅行について行くんでしょ」

「二十七、八日か。——まあ、半分は仕事だしね。久保田が今から情ない顔をしてるよ」

「久保田さんって、あの若い刑事さん？」

「ああ。若くて、なかなかいい男だろ？〈G5〉のおばさんたちにはもてるのさ」

久保田が、母のような年輩の女たちに言い寄られて青くなっている場面を想像して、亜希は笑ってしまった。

「ところでね」

と、永沢は少し口調を変えて、「君の親友——日比野見帆のことなんだが」

亜希は、ふっと表情を固くした。

「見帆がどうかしましたか」

「そうにらむなよ」

と、永沢は笑って言った。「このところおとなしくしてるようだ」

「ずっと監視つきですよ。他にしようがないじゃありませんか」

「うん。——ま、我々も忙しい。いつまでも女の子一人に、何人も手をさけるほど、呑気な仕事をしているわけでもないからね。もう彼女の監視はやめることにした。これは本当だよ」

「そうですか」

もちろん、亜希は半信半疑である。

「それに、日比野見帆を見張っていたのは、大高雄治を見付けたかったからだが、このところ、全く消息を聞かないのでね」

亜希は微笑んだ。――まさか、永沢も自分の口ききで、当の大高を入院させているとは思わないだろう。

「さて……。じゃ、送って行こうか」

と、永沢は腰を上げた。

「すみません」

亜希はホッとした。同時に、一種、肩すかしを食ったような……。永沢がもっと力ずくで亜希に迫って来るかと思ったのである。

でもまあね……。私は見帆じゃないんだし――。

そのマンションを出て、亜希は永沢の車に乗り込んだ。

「今度はどこか、泊りがけで、どうだい」

本気かどうか、永沢は、車を動かす前に、そう言った。「お母さんとは行ったことのない所で」

「考えときます」

と、亜希は言った。

車が、もう大分遅くなった通りに出て、少しスピードを上げた時だった。

ドーン、と大太鼓を打ったような音がして、車の屋根やリヤウインドウに、バラバラと何かが当った。

永沢は車をわきへ寄せて、停《と》めた。

「何？」

「出るな！」

永沢は鋭い声で言って、ドアを開け、外へ出た。

亜希も、すぐに続いて出た。――永沢が呆然《ぼうぜん》として、突っ立っている。

「あれは……」

「我々のいた部屋だよ」

と、永沢は言って、息をついた。「何てことだ！」

マンションの一部屋、ベランダへ出るガラス戸が粉々に砕けて、黒い煙がゆっくりと吹き出していた。路上に、ガラスの破片や火のついた布――たぶんカーテンの布地だろう――が飛び散っている。

「爆弾だ」

と、永沢は言って、やっと、我に返った様子で、急いで車に戻ると、無線のマイクを取った。

まだ永沢とあそこにいたら……。そう考えて、亜希は初めてゾッとしたのだった。

病室のドアを開けた亜希は、面食らって、足を止めた。

ベッドがきちんと片付いて、手持ちぶさたな様子の大高が、ちょこんと腰かけていたのである。

「大丈夫なの？」

と、亜希は思わず声をかけた。

何度も、というより、毎日見舞に来ていたので、どんな時でも、「大高」という名を呼ばない習慣は身についていた。ここでは大高は、〈高橋安男〉である。

「ああ。もう退院していい、って言われたんだ」

大高は、ポンとベッドから降り立って、「さ、行こうか」

「ええ……。でも、お弁当を持って来ちゃったわ」

「いいさ。どこかで食べよう。――構わないだろ？」

「ええ」

と、亜希は肯いた。「待っててね。――じゃ、精算をすませて来るから」

事務室の窓口へと急ぐ亜希の足取りは、まるで雲の上を歩くようだった。

死ぬかと思った大高が、今はまるで何歳も若返ったように、つやつやした肌《はだ》と活《い》き活《い》きした笑顔を見せている。

こんなことが起るなんて！

亜希は、奇跡を信じたいと思っていた……。

「――いや、元気になって、すっかり太っちゃったろ」

と、大高は、病院を出て、歩き出しながら言った。「そしたら、却《かえ》って、手配写真と似て来ちゃったのさ。一時、ずいぶんやせたんだけどな」

「誰かに気付かれたの？」

「いや、大丈夫。でも、長くいれば、それだけ危険も大きくなるからね。早々に退院することにしたのさ」

「本当に体の方は……」

「もう、オリンピックにも出られるさ」

大高の言葉に、亜希は笑ってしまった。

今日は――このところの寒さが嘘のように、よく晴れて、暖かかった。風もない。

「疲れない？」

「大丈夫。少し歩きたい」

と、大高は言って、大きく息をした。「いいなあ、外の空気ってのは……」

退院の喜びからさめてみると、今度はまた大高もいつ発見されるか分らない逃亡者であり、暮す場所や、生活をどうしたらいいか、考えなくてはならないのである。

「——そこで何か食べよう」

と、大高は、明るい、ファミリー向けのレストランを指さした。

「私のお弁当は？」

「一人で、ゆっくり食べる」

と、大高は優しい笑顔で言った。

亜希は、胸が熱くなった。改めて、大高への思いを確かめたような気がする。

——二人は、明るい日射しの入る、窓辺の席で、少し遅い昼食をとった。

大高は、びっくりするほど食べて、

「お腹をこわさないでね、今度は」

と、亜希が注意したほどだった。

「しかし……」

大高は、空の皿に、ナイフとフォークを重ねて置くと、「君にはどう言ったらいいのかな」

「いいの」

と、亜希は首を振って、「運が良かったのよ」

「全く、君も大胆なことをやったもんだ」

と、大高は笑って言った。「公安の連中も、これを知ったら、気絶するかもしれないね」

「ゆうべは私も気絶しそうになったわ」

と、亜希は言った。

「何のこと？」

亜希が爆弾のことを話すと、大高は眉をくもらせた。

「そうか……。しかし、無事で良かった」

「びっくりしたわ」

「それより……。君、僕のために、その永沢と――」

「まさか。あんな男、ごめんだわ」

と、亜希は首を振った。「向うは遊んでもいい、くらいに思っているらしいけど、こっちで願い下げ」

「ならいいけど……」

大高が心配してくれるのを、亜希は嬉しい思いで聞いた。でも――退院すると同時に、大高はまた「見帆の恋人」に戻ってしまうのだ。

少なくとも、入院している間、大高は、「亜希のもの」だったのに……。

「さて」

と、大高はコーヒーを飲みながら、言った。「これからどうするかな……」

「もう、あそこには戻らないでね」

「そうだな。人間ってのは弱い動物だ。病院でのんびりしちまうと、あの冷蔵庫にはとても戻れないよ」

そう言って大高は笑った。

「今夜はうちに泊って」

と、亜希は言った。

「君の家？」

「母は地方の支部長会に出てるの。今夜は名古屋よ」

「そうか。ともかく、ここまで君の世話になったんだ。じゃ、今夜一晩、泊めてもらうよ」

と、大高は肯いて、言った。

亜希は、本当なら、言うべきだったのだ。——見帆を呼びましょうか？

見帆の親友として、そう言うべきだったのだ。しかし、亜希は言わなかった。

今夜だけは……。今夜一晩は、大高さんは私のものだ。

亜希は、大高が見帆のことを口にしないことに気付いていた。なぜだろう？

亜希は自分に向ってそう問いかけていた……。

16　嘘

亜希が、急いで玄関のドアを開け、外へ出ると——目の前に、見帆が立っていた。

「見帆……。びっくりした！」

と、亜希はやっと口を開いた。

「突然、ごめんね」

と、見帆は言った。「ゆうべ電話したんだけど」

「そうだった？　ごめんね。何しろ母と顔を合わさないようにしてるから。メモがあったけど、よく見なかったのよ」

亜希は早口で言った。

「いいのよ、別に」

と、見帆は首を振って、「出かけるところだった？」

見帆の視線は、亜希の下げている紙袋に向いた。

「うん。でも、そんなに急ぐわけじゃないのよ」

と、亜希は言った。「どこかでお茶でも飲もうか」

「うん。――構わないの？」

「当り前よ！　ただ、うちじゃ、今、母がいるから」

亜希は見帆の肩を軽く抱くようにして、「寒いね、毎日。元気にやってる？」

と、言った。

「まあね」

と、見帆は肩をすくめた。

二人は、黙りがちなままで、少し歩いて喫茶店に入った。

「少し歩いただけでも、凍《こご》えるね」

と、亜希は席について、「熱いココアにしよう。見帆は？」

「私はコーヒーで」

何でもいい、という感じで、見帆は言った。

「――休みになって、何してるの？」

と、亜希は訊いた。

大学は、十七日から休みになっていた。もう、今日は二十三日である。世間は、クリスマスのにぎわいで華やかだった。

「別に」

と、見帆は首を振って、「本を読んだり、TVを見たり……。ね、このところ、刑事の姿が見えないの」

「そう。じゃ、もう諦《あきら》めたんじゃないの？」

と言って、亜希は水を一口飲んだ。

「油断は禁物ね。この間の爆弾事件もあったし」

「そうね。どこかから、見張ってるのかもしれないわね」

少し間を置いて、見帆は唐突に笑い出した。亜希は戸惑って、

「どうしたの？」

「ごめん……。昨日ね、うちの母が、クリスマスは予定あるの、って訊くから、どうして、って訊き返したら……」

「何だったの？」

「お見合しないかって」

「お見合？」

亜希も面食らった。「まだ十九なのに？」

「変なことに、またのめり込まない内に、早々と片付けちゃおうってことらしいわ。それにしてもね！　呆気に取られちゃった」

「本当ねえ」

と、亜希は笑った。

――見帆の顔から、笑いが消えると、

「彼、元気にしてる？」

ポツリ、と寂しげに言う。

「――うん」

と、亜希は肯いた。「ごめんね。もっとちょくちょく行けるといいんだけど」

「とんでもないわ。亜希には何と言って感謝していいか、分らないくらいよ」

「もう少しの辛抱よ。見帆がもう見張られてない、って分れば……」

「ええ」

と、見帆は肯いた。「ええ、そうね」

ココアとコーヒーが来た。――二人は、ゆっくりと、熱さをかみしめるように、飲んだ。

「――ね、亜希」

「うん？」

「今度、二十七、八日って、あなたのお母さん、お留守なんでしょ」

「そう。〈G5〉の忘年会ね」

「もし……できたら……」

見帆が言い淀《よど》んだ。亜希には、もちろん、分っていた。

亜希の家で、大高と会いたい、ということなのだ。亜希は、見帆の胸中を思うと、拒むわけにはいかなかった。

「大高さんに訊いてみる。もちろん、彼もあなたに会いたいはずよ。それと——母が確実に出かけるのを、確かめないと」

「ええ、そうね」

と、見帆は肯いた。「もちろん、少しでも危険なら、やめるわ」

「返事するわ。待ってて」

「ええ……。クリスマスはどうするの、亜希？」

「私？　そうねえ……。遊ぶ相手もいないけど」

「お互い、つまんないね」

見帆は、やっと笑顔になった。「暇潰しに、見合でもして来るか」

「いいじゃない。夕ご飯でも、おごらせりゃ」

と、亜希もホッとして、「私も、あれに誘われてはいるの」

「あれ？」

「永沢って、公安の——」

「亜希を誘ってるの？　何て男なのかしら」

見帆は、あの爆破されたマンションに、亜希と永沢が直前までいたことを、知る由《よし》もない。

「見帆」

と、亜希は、声を低くして、「あのマンションの爆弾、何か係わってたの？」

「あれは別のグループよ」

と、見帆は首を振った。「私はそこまでやるつもりないの」

「そう……」

「上下の階の人にも被害がなかったからいいけれど……。直接人を傷つけるところまで、決心はついていないわ」

見帆は首を振って、「でも、大学が休みに入って、学生たちが家にいる、今の間が、監視の目も行き届かないし、いい機会だとは思ってる」

「危いこと、やめてね。この前みたいな連中が、何をするか分らないわよ」

「私は、危いことをしてるとは思わないわ」

と、見帆は首を振った。「何もしないでいることの方が、ずっと危いのよ」

亜希は、何とも言えなかった。見帆はコーヒーを飲み干すと、

「――ごめんね、引き止めて」

と、立ち上った。「じゃ、連絡を待ってるわ」

「ええ、電話するわ」

亜希は、まだココアを飲みかけだった。見帆がコーヒー代を置いて、先に店から出て行く。

亜希は、一人になると、眉を寄せてじっと考え込んだ。そして、パッと立ち上った。ココアには、もう口をつけなかった……。

「もう七時か」

と、大高が、薄暗い中で、デジタル時計の文字を見て、言った。「どうりで、腹が鳴ってる」

「お弁当、食べる?」

と、亜希は訊いた。

「うん。――食べよう。君も一緒に」

「シャワー、浴びて来るわ」

亜希はベッドから出た。裸で、バスルームへと入って行くと、シャワーを出し、肌を刺すような熱さになるのを待って、全身に浴びた。

――息を弾ませ、まだ心臓は高く鳴っていた。

本当なら、もっと大高の腕の中で、休んでいたかったのだが……。でも、大高が、自分の作ったお弁当を食べてくれるのを見るのも、嬉しかったのだ。

それに、確かに亜希もお腹が空いていた。バスローブをはおって、濡れた髪をタオルで包むようにして、部屋へ戻ると、大高はズボンをはいて、上半身裸の格好で、もうお弁当を食べ始めていた。

「せっかちねえ」

と、亜希は笑った。「今、お茶を淹れるわよ」

「ああ……」

口の中にご飯を頬ばっているので、大高はモグモグと言って、肯くだけだった。

安ホテルではあるが、一応ポットに熱いお湯が入っていた。

二人は、小さなテーブルで、お弁当をつついた。

「――明日ぐらいには、ここも出ないとな」

と、大高は言った。

「でも、怪しまれていないでしょ」

「うん。大丈夫。しかし、用心に越したことはないし」

「でも、明日はクリスマス・イヴよ。クリスマスが過ぎないと、きっとどこのホテルも一杯だわ」

「そうか……。クリスマスなんてものがあったんだな」

大高は、本当に忘れていたらしい。「君は、どこかに出ないのかい」

「行く所もないわ」

と、亜希は言った。「ここで、ささやかにクリスマスを祝いましょ。ケーキも買って来るから」

「そうだな」

と、大高は微笑んだ。

――大高に初めて抱かれたのは、あの退院の夜である。

亜希の方から、夜、大高のベッドへ潜り込んで行き、大高もためらわずに亜希を抱いたのだった。

もちろん、亜希への感謝の気持もあったのかもしれないが、それでも亜希は幸せだった。

そして、それから、このホテルを亜希の名で取り、大高はここにいるのである。

「今日、見帆に会った」

と、亜希が言った。

「そうか。元気にしてるかい」

「ええ……。でも、監視がついてて、やっぱり自由には動けないみたい」

「そうだろうな」

大高は肯いて、「君にも迷惑はかけたくない」

「私はいいの。ただ――見帆には悪くて」

と、亜希は言った。

言おうと思ったのだ本当は。

見帆にはもう監視がついていない。そして、二十七日、八日には、前のように、大高と見帆を二人きりにしておくこともできるのだ、と……。

でも——おそらく、見帆を再び抱いたら、もう大高との間は終りになるだろう。

どんなに苦しくとも、見帆を裏切っているという思いに責められようとも、亜希は、大高を離したくなかったのである。

「ともかく食べよう」

と、大高は言った。「おいしいよ、今日のは特に」

お世辞でしょ。そう言いながら、亜希の胸は弾んだ。——料理なんて、ろくにしたこともない亜希だったのに……。

「もしもし」

その声で、すぐに亜希には分った。

「どうも」

と、亜希は言った。「母はお風呂です」

「君にかけたのさ」

　と、永沢は言った。

「よくお暇がありますね」

「息抜きもなくてはね」

　と、永沢は言って、「明日の夜、どうだい？」

「クリスマス・イヴ？　もちろん、恋人と二人で過しますわ」

　と、亜希は言ってやった。

「こりゃ、やられたな」

　と、永沢は笑って、「外泊かね？」

「冗談です。でも、本当に予定があるので」

「分った。明日とはこだわらないけどね」

「母の忘年会には？」

「僕は残念ながら行けなくなったんだ」

「あら、母が、がっかりするわ」

「まだお母さんには言ってない。黙っていてくれよ」

「ええ」

「――君と会う時間ぐらいなら、作れるがね」

　永沢の言い方は、冗談めかしていたが、本気だった。「それはそうと、例の、大高雄治だがね」

亜希はドキッとした。——まさか！

「どうかしたんですか」

「仲間の所へ連絡して来たらしい。どうやら、この間の爆弾とも係わり合っていたようだ」

「本当ですか」

「当人に訊くさ。仲間と接触すれば、こっちも動きがつかめる。君の友人のためにも、早く捕まった方がいい」

友人というのが、見帆のことだ、と分るのに、少しかかった。

「じゃ、クリスマスが終ったら、また会おう」

と、永沢は言って、電話を切った。

亜希は、急いで仕度をした。

大高に会わなくては！

外へ飛び出した時、白い雪がチラチラと舞い落ちていた。

17 壁の向う

雪が降り出したせいか、なかなかタクシーは捕まらなかった。

やっと拾って、大高の泊っているホテルに着いたのは、永沢の電話を受けて一時間後のことだ。——永沢の話の様子では、まだ大高の居場所を突き止めるところまで行っていないようだが、それでも、一旦《いったん》知れてしまえば、手が伸びるのに十分とはかからない。

今夜の内に、大高をこのホテルから出さなくては。そして、仲間に連絡を取らないように言っておかなくてはならなかった。

亜希はいくらか腹も立てていた。

もちろん、自分は大高の同志ではないし、いちいち彼のすることを見ている義務も権利もないのは、承知している。しかし——今、大高がこうして無事でいられるのは、自分のおかげではないか。

一言ぐらい、何か言っておいてくれても……。それはほとんど言いがかりに近い言い分だが、亜希は、その苛立ちを、拭い切れなかった。

幸い、ホテルには警官の姿はない。まだ発見されてはいないようだ。大して立派なホテルではない代り、ロビーも小さいから、警官が隠れる場所もない。

エレベーターで上って、亜希は大高の部屋へと急いだ。手袋をして来なかったので、指先がかじかんでいたが、体は熱くて、汗でもかきそうだ。やはり緊張していたせいだろう。

これから、どこか別のホテルを捜すというのは、容易ではないかもしれない。といって、自分の家には泊められないし……。

だが、ともかく危険がある限りは、ここにいない方がいい。後は何とかするとして――。

部屋のドアを叩こうと、亜希は手を上げて……。しかし、その手は、ドアからほんの数センチ手前で止ってしまった。

――長い時間がたった。

ほんの何秒か、何十秒だったかもしれないが、亜希にとっては、永遠に近いほど長い時間だった。

その声が、耳に入り、それを受け容《い》れるまで、長く、長く、かかったのである……。

嘘だ！　こんなことがあるはずがない！

だが、それは幻でも何でもなかった。ドア越しに、はっきりと亜希の鼓膜に届き、誰の声かを聞き分けていた……。

亜希はよろけるように後ずさって、廊下の壁に背中をぶつけて、止った。汗が一滴、こめかみを伝い落ちて行く、くすぐったい感触がある。

貧血を起こしている時のように、踏みしめた足下の安定感が失われて、肌が冷えていた。どこか、空中をさまよっている、そんな気持がした。

亜希は、ほとんど自分でも気付かない内に、エレベーターに乗っていた。もし、扉《とびら》が開いて、そこが何もない空間だったとしても、知らずに足を踏み出していたに違いない。

一階へ下りた亜希は、ロビーに出て、足を止めた。

今のは夢ではなかっただろうか？　自分はたった今、このホテルに着いたところで、これから上って行くのだ……。

そうじゃない。分っているのだ。そうじゃないことは。

亜希は、ホテルを出ようとしてためらった。——雪が、本降りになって、すっかり外は白の世界に変っている。

車も人も、戸惑い、急いでいるようだ。

急ぐことなんかないのよ。急いだって、現実を変えることなんか、誰にもできやしないんだから。

亜希はフロントへ行って、ベルを鳴らした。——人手を省くためか、ここはいつも人の姿がないのである。

「はあ」

と、居眠りでもしていたらしい、初老の男が欠伸《あくび》しながら出て来た。「ご用は？」

「部屋、空いてますか」

と、亜希は言った。

「ええ、まあ……」

と、手もとのディスプレイを覗いて、「ありますよ。でも明日はもう予約で一杯で。今夜だけなら」

「七〇三の隣は？」

「七〇三の隣？」

と、不思議そうな顔で亜希を見て、「七〇三の隣っていうと……七〇五なら」

「そこをお願い」

「先払いですよ」

亜希はカードを出した。それほど現金を持って来ていない。

キーがわりのカードを受け取って、亜希は再びエレベーターの方へと歩いて行った。

フロントの男は、欠伸しながら、また奥へと姿を消した……。

「亜希ったら！」

と、玄関へ飛び出して来た母の朱実が、大きく息をついて、言った。「どうしたかと気が気じゃなかったわよ！」

「ごめん」

と、亜希は上って、母の目を見ないようにしながら、「急用だったの」

「それにしたって……。お風呂へ一声かけて行けば良かったじゃないの」

朱実は、亜希について居間へ入って来た。「――どこに行ってたの？」

「ちょっとね」

と、亜希はコートを脱いで投げ出すと、ソファに寝そべった。

「ちょっと、じゃ分らないわよ」

「男と会ってたの」

亜希の言葉に、朱実は半信半疑の様子だった。

「男って……。誰のこと？」

「誰だっていいでしょ。大学の子よ。別に決った恋人っていうんじゃないの。ワン・オブ・ゼムよ」

と、亜希は言った。「お風呂、まだお湯入ってる？」

「ぬるいわよ、もう」

「お湯足すわ。――入って来る。体が冷え切って」

起き上って、居間を出ると、

「亜希」

と、朱実が呼んだ。

「なあに？」

と、振り向くと、

「会ってたのって……永沢さん？」

母の声に、胸苦しいほどの嫉妬《しっと》の思いを聞き取って、亜希はびっくりした。

「――違うわよ」

と、呆れたように、「永沢さん、私に気があるの？」

「そうじゃないわよ。ただ……」

母のうろたえぶりは、哀れなほどだった。言うつもりではなかったのに、つい口を滑らせてしまったのだろう。

「あなたが名前を言わないから、もしかして、と思って……。何でもないのよ」

朱実は、何か口の中でブツブツ呟きながら、台所へと急いで姿を消した。

亜希は、母が微妙な永沢の態度の変化を感じ取っているのだと知って、不思議に母に同情する気になった。――そこまで本気だったのか、お母さん……。

浴槽に熱い湯を足しておいて、服を脱ぐ。――浴室の中も、すっかり冷えて、鳥肌が立った。

しかし、寒さを堪えて、じっと浴槽の湯が入れるまであたたまるのを待っているのは、却《かえ》って快感でさえあった。少なくとも、寒さの中に、いくぶんかの苦痛は消えて行くようだ。

浴槽に身を沈めてみると、まだ少しぬるめだったが、そのまま熱いお湯を足しておくと、すぐに快適な温度になる。ホッと息をつき、顎《あご》の辺りまで沈んで、目を閉じた。

今思えば、見帆は薄々感づいていたのに違いない。いや、何が起ったか、までは分らないにしても、大高に関することで、亜希が何か隠していることを、知っていたのだ。

当然だろう。亜希自身、決してうまく人をごまかせる性格の人間ではない。そして見帆は人一倍、勘が鋭い子である。分らなければどうかしている。

今日、見帆は訪ねて来て、亜希が大高に会いに行くところだと察し、尾行したのだ。おそらく、自分がもう監視下にないことも、気付いていたに違いない。

もちろんだ。見帆が気付いていないと思い込んでいた自分こそ、馬鹿だった。いや、むしろそれは、「気付いてほしくない」という願望に過ぎなかったのだ……。

「これからどうする?」

見帆の声は、小柄な体に似合わずよく通る。——あのホテルの薄い壁越しに、亜希の耳に、はっきりと届いて来た。

「君が大丈夫だと思っても、またいつ目をつけられるか分らないしな……。あの子は、母親の方からも情報が入るよ」

大高は、ベッドに寝てしゃべっているようで、低い声だが、よく聞き取れた。

「でも――いやよ。知らん顔して、亜希と会ってられない」

「見帆――」

「だってそうでしょう。あなたを助けてくれたのは、ありがたいけど……」

「あの子がいなかったら、僕は死んでいたよ」

「ええ、分ってる。でも……」

見帆の声は小さくなって、亜希には聞き取れなかった。

「――仕方なかったんだ」

と、大高が言った。「それまでのことを考えたら拒めない。当然だろ？」

「だからって――。寝なくても良かったはずだわ！」

見帆の声は、壁を通して、亜希の耳に突き刺さって来た。

「落ちつけよ……。本当にあの子は危険なことをやって来たんだ。分ってくれ。あの子だって苦しんでる」

そう。――私だって苦しんだわ。たった今だって、こうして苦しんでいる……。

その後は、ずいぶん間が空いた。亜希は、二人が眠り込んでしまったのかと思ったほどだ。

「いいわ」

やっと聞こえて来た見帆の声は、固く、こわばっていた。「これからどうするか、だわ」

「これから、か……」

二人の声はひどく近く聞こえた。ベッドの上で、寄り添っているようだ。

「もう亜希と寝ないで」

「うん……」

「私があなたを助けるわ。どんなに危くても！　だから、もう亜希を抱かないで」

見帆の言葉の気迫には、到底逆らいがたいものがあった。

「抱かないでも会ってられるわ。そうでしょ？」

「まあね。――分った。約束する」

少し間があって、見帆が言った。

「分って。私だって辛いのよ」

「うん」

「亜希に感謝しなきゃいけないのに、憎んでるわ。――当分、会わないようにする」

「その方がいいかもしれないな」

と、大高は言った。

「あなた――どうするの、亜希は明日も来るわ、きっと」

「話すさ。それしかないだろう」

「私のことを？」

「いや……。やっぱり二人を愛するわけにいかない、ってね」

見帆が、ちょっと苦々しい感じで、笑った。

「メロドラマね、まるで」

「仕方ないじゃないか。——分ってくれるさ、彼女も」

「ええ……。今夜は——帰った方がいい？」

「お宅で心配するんじゃないのか」

「そうね。でも、まだいいわ。——ね？」

それきり、二人の話は途切れた。

眠ったのか、それとも静かな愛の交わりに入ったのか。

ともかく、亜希はそれで部屋を出て、戻って来たのである。

何もかも終りか。——亜希は、浴槽の中で伸ばせるだけ、一杯に手足を伸ばした。

真夜中の鐘が鳴り、馬車はカボチャに戻って、ひとときの「美女」はいつもの「パッとしない女の子」に返ったのである……。

「まだ起きてたの」

と、亜希はパジャマ姿で居間へ入って、母がソファに座っているのを見て言った。

「もう寝るわ」

母は、立ち上って、
少し照れもあって、亜希はそう言った。

「病気になったら、こっちも困るし」

「そうかもしれないわね。——心配してくれるの？」

と、亜希が言ってやったので、母はちょっと笑った。

「前と大して変んない」

と、母は言って、「悪いわね。いつも留守してて」

「任せられないことも、色々あるからね」

と、亜希もソファにかけて、言った。

「仕事っていっても……。何もかも一人でやることないわ。お母さん、結構偉いんでしょ？　下の人に任せたらいいじゃない」

と、母は微笑んだ。

「仕方ないわ。お仕事ですもの」

「大丈夫？——あんまり忙し過ぎるのと違う？」

母は、ひどく疲れて、老けて見えた。

「もう寝ようと思ってたの」

と、言いながら、居間を出ようとしたが、「——ね、亜希」

と、振り返った。

「うん？」

「お父さんに会った？」

亜希は、思ってもいなかった問いに、当惑して、ちょっとの間、ポカンとしていたが、

「お父さん？——ここんとこ、会ってないよ。だって——連絡もないじゃない」

と、言った。

「あんたには、連絡してるのかと思ったのよ」

と、母は言った。「それならいいの」

「お母さん……」

「もう寒いしね。風邪でもひいてたら、と思ったのよ。——じゃ、おやすみ」

「おやすみ」

と、亜希は言った。

居間の静けさが、しばらくはやり切れない感じだった。

母は——後悔しているのだ。父を追い出したことを。

結局、永沢は母に誠実な恋人ではなかった。そんなことは分り切ったこと、と言っても、母にはそうじゃなかったろう。

母がここまで〈G5〉の仕事にのめり込んだのは、永沢のため、という部分が大きかったはずだ。

その永沢が母に飽き始めている。母は、それを敏感に感じ取っているのだ……。

居間に一人座って、亜希はただ重い時間の流れに、堪えているばかりだった……。

18　背信

ドアを叩くと、ガサゴソ音がして、

「誰?」

と、大高の声がした。

「私。亜希よ」

買物して来た紙袋を、かかえ込んでいる。

「ちょっと待って」

と、大高は言った。

もしかしたら——見帆がいるのだろうか?

泊って行ったとしても、不思議じゃない。ゆうべはずいぶん積ったんだし。

今日は、まぶしい晴天だった。雪の反射で、外を歩くのが辛いほどである。

しかし、道や屋根では、雪は大分溶けていて、日射しの下で、ゆっくりと蒸気を上げていた。

今日はクリスマス・イヴである。町も人出が多いだろう。夜までには、道の雪は跡形もなくなっているに違いない。

「――やあ、ごめん」

大高が、髪を濡らしたままで現われた。「今、シャワーを浴びてたところなんだ。入って」

「お昼にサンドイッチ、買って来たわ」

と、亜希は言った。

「ありがとう。――何だかゆうべはよくパトカーが通ったよ。何度も目が覚めてさ」

「雪のせいで、事故が多かったのよ」

亜希は、素早く部屋の中を見回した。

見帆がいたという跡は、みごとになくなっている。

「おかげでついさっきまで眠っちゃった。コーヒーは？」

「うん、買って来た」

お疲れだったんでしょ、ゆうべは……。

大高の顔を見ると、やはり胸が痛んで、動揺する。そう。大体、未練がましい性格なんだもの。

「いつも悪いな」

と、大高は言って、紙コップのコーヒーを一気に半分近くも飲んだ。

「——今夜はクリスマス・イヴよ」

「そうだな。にぎやかだろうね」

「ええ、もうこんな昼間から、凄い人出よ」

「こんな時代でも、遊ぶことしか考えない奴がいるんだな」

と、大高は、ちょっとため息をついた。「サンドイッチ、もらうよ」

「どうぞ。——あ、私、いいの。食べて出て来たから」

亜希は、ベッドに腰をおろした。ゆうべ、見帆が大高に抱かれたベッド……。

「ね、大高さん」

と、亜希は言った。「明日、ここを出た方がいいわ」

「どうして?」

「あなた、仲間の人と連絡を取ったでしょ。公安の永沢さんが言ってたわ」

大高が、すっと顔をこわばらせた。

「他に何か言ってたか?」

と、鋭い声で訊く。

「仲間の方から、あなたの居場所もつかめる、って。――それと、友だちのためにも、あなたが早く捕まった方がいい、とも……」

「友だち？」

「見帆のことよ」

「ああ。――そうか」

亜希はきっかけを作った。大高が話をするだろう、と思って待っていた。

しかし――大高は、黙ってサンドイッチを食べているだけだ。

「今夜は、どこのホテルも一杯。だから、明日、出た方がいいわ。まだあなたがここにいることは知らないみたいだけど、念のために――」

「うん、そうだ。ありがとう。助かるよ、君のおかげで」

と、大高は言った。

「やめてよ、今さら」

と、亜希は笑って言った。

大高はサンドイッチを食べ終ると、息をついた。

「今日は晴れたね」

「ええ。――いいお天気」

亜希は、小さな窓の方へと歩いて行って、レースのカーテンを開けた。

窓がある、というだけで、見える物といえば、隣のビルの壁。しかし、逃亡者にはふさわしい光景かもしれない。

「少し外へ出るかな、今夜は」

と、大高は言った。「人ごみに紛れてれば、まず大丈夫」

「そうね……」

亜希は、喉に何かが詰ったようになった。――クリスマス・イヴに腕を組んで歩くのなら、恋人とでなくちゃ。

私じゃない。あなたと腕を組んで歩くのは、私じゃないわ……。

それは仕方のないことだ。――彼はもともと、亜希のものではなかったのだから。

大高の手が、亜希の肩越しにのびて、カーテンを引いた。亜希は驚いて振り向いた。

「どうしたの？」

部屋の中は、薄暗くなっていた。

「どうした、って――決ってるだろ」

大高は、ちょっと笑うと、亜希のセーターをたくし上げた。

「待って。――待ってよ」

亜希は大高を押し戻そうとして、逆に抱きすくめられ、よろけた。

そのままベッドへ押し倒される。

「どうしたんだ？　構わないじゃないか、昼間だって」

大高は笑った。——その笑い声は、亜希の心を凍りつかせた。

やめて！　やめてよ。ゆうべ、見帆を抱いたばかりじゃないの！

私のことは二度と抱かない、って約束したんじゃないの！

それなのに——それなのに、なぜ？

唇をかみしめて、亜希は大高の重味に堪えていた……。

玄関を上って、亜希は、冷え切った居間によろけるように入ると、コート姿のまま、ソファに身を沈めた。

立ち上る気にも、動く気にもなれない。

冬の日は短く、もう居間は薄暗くなりかけていたが、亜希には暖房をつけるために、立ち上るだけの気力もなかった。

体をいくら暖めたところで、冷え切った胸の内側までは、熱は届かないのだ。

——何もかもが、崩れ、砕けてしまったようで、もうそこには破片しかない。それが、崩れる前に、どんな形をしていたのかさえ、思い出せなかった……。

電話の音に、びくっとして息を呑《の》む。

電話か。——電話なら、大丈夫。電話は人を粉々に砕きはしない。

亜希は、ゆっくりと立ち上り、歩いて行って、受話器を上げた。

「——はい」

「もしもし？」

信じられない声だった。

「見帆？」

「亜希か。どうしたの？　何だかいつもと声が違うから」

見帆の声はいつもの通り、明るかった。

「別に……。何でもないわ」

「それならいいんだけど」

と、見帆はあっさり言って、「せっかくクリスマス・イヴだし、どこかへ出かけようかな、と思ったの。亜希、何か予定あるの？」

ゆうべ壁越しに聞こえていた見帆の声が、亜希の耳に、まだ響いていた。

「——あ、ちょっとね、約束が」

と、亜希は言った。

「何だ、そうなの」

「悪いわね」

「ちっとも。——当日になってから、誘う方が無理よね。じゃ、私は家で引っくり返ってようかな」

と、見帆は笑って言った。

上機嫌ね。——そうでしょうとも。

「じゃ、また電話するわ」

「うん。——それじゃ」

亜希は、電話を切った。

見帆の声を、これ以上平静に聞いていられる自信がなかったのだ。

見帆……。私の親友。

そう。昨日までの親友……。

亜希の手が、ゆっくりと電話へとのびていた。まるで亜希とは別の生きもののように、その手は受話器をつかみ、指がボタンを押していた。

「——もしもし」

と、亜希は言った。「永沢さん、いらっしゃいますか。——宮原といいます。——そうですか。あの……至急連絡したいことがあるので、お電話を。〈G5〉の件です。——ええ、自宅に。——よろしく」

暖房は、ずっと入らなかった。

寒いということさえ、亜希は忘れていた。こごえ切って、感覚が麻痺《まひ》しているかのようだった……。

十分ほどで電話が鳴った。

「——宮原です」

「君か」

永沢の声は意外そうだった。「〈G5〉のことで、というから、お母さんからかと思ったよ」

「すみません。お忙しいんでしょ」

「ちょっと会議でね。何か急用だって？」

「急用と言えば急用ですけど」

「何のことだい？」

「今夜は母と？」

少し間があった。

「いや、お母さんは〈G5〉の幹部の集まりに出てるはずだ。まあ、クリスマス・パーティってとこかな」

「じゃ……付合って下さる？」

「何か予定が——」

「あれば、かけません」

「それはそうだな」

永沢は、亜希の口調に、何かを感じたようだった。「――分った。何時に?」

「何時でも」

と、亜希は言った。「どこでもいいです……」

「全く――」

と、永沢は舌打ちした。「味気ないもんだな」

「私が?」

「まさか。――このサンドイッチさ。早い内に作ったんだろ。乾き切ってる」

「でも、おいしいわ」

「お腹が空いてるのなら、食べに出るか」

「どこも満員」

「心配するな。公安警察のバッジの力は大したもんだよ」

「いい気分でしょうね。みんながペコペコしてくれる……」

亜希は笑った。

「それだけ、辛いこともあるさ」

——亜希は、柔らかいベッドに俯《うつぶ》せになって、両肘をついて体を起こしていた。枕許《まくらもと》に置いたサンドイッチの皿は、ほとんど空になっている。

部屋はほの暗かった。

永沢は、ガウンを着て、ソファでタバコをくゆらせている。

「家へ、お母さんより先に戻っていた方がいいだろう？」

と、永沢は言った。

「そうね」

「じゃ、途中で食事して、送ろう」

と、永沢は灰皿へタバコを押し潰した。

「いいわ。家で何か食べる」

亜希は、空の皿を手で払って床へ落とすと、仰向けになった。

「まだ時間はあるよ」

「ばったり会ったら困るわ」

「誰と？　友だちかい？」

「見帆と……」

亜希は言った。「見帆の彼氏と」

「日比野見帆？」

「そうよ」

「彼氏がいるのか」

「知ってるでしょ」

——永沢は、立ち上って、ベッドの方へやって来た。

「大高雄治のことを言ってるのか？」

亜希は黙って天井を見ていた。

「——二人が会ってるのか？ 本当か？」

永沢は、亜希の方へ顔を寄せて、言った。

「知ってるんだな。どこに二人がいるか。教えてくれ！——どこなんだ？」

亜希は、ゆっくりと永沢の顔へ視線を移して、言った。

「メリー・クリスマス」

19 無言劇

夜空は、透き通った氷を通して見ているように、冷たく、澄み渡っていた。

車から一歩出ると、凍るような空気が全身を包んだ。——この方がいい、と亜希は思った。

思い切り、凍えていた方がいい。それが、今の私にはふさわしい……。

――永沢の車は、大高の泊っているホテルから少し離れて停っていた。亜希は一人で車の中にいたのだが、何となくじっとしていられなくて、出てみたのだ。

風はない。――日陰になった所に残った雪が、氷のように固まって、気を付けないと踏んで滑ってしまいそうである。

永沢は、ホテルのフロントに話をしに行っていた。

亜希は、別に何も感じていなかった。感じていたのは、肌を刺す寒気だけだ。

歩道の端に残った雪を、靴の先で、けってみる。カチカチに凍って、ほんのわずか、細かい粉が飛んだだけだった。

雪。――あんなに白く、やわらかで、手につかむと、溶けてしまう、儚《はかな》い雪。

それが、こんなにも固く、冷たく、こわばってしまうのだ。これも同じ雪なのだ。

ホテルの入口辺りが、ポカッと明るくなって、歩道にカーペットでも敷いたように見える。

今夜はクリスマス・イヴだ。あのホテルも満室ということだったが。――大高は、もう出てしまっただろうか？

もし、出てしまっていたとすると、永沢がさぞ悔しがるだろう。亜希は、大して気にしなかった。どうでも良かった。

永沢がホテルから出て来て、急いで戻って来た。

「大高はまだチェックアウトしていない」

と、永沢は興奮気味の声で言った。「今は出かけてるようだが、キーは置いてあったよ。また戻って来る」

「そう」

と、亜希は言った。

永沢は、車のドアを開けようとして、亜希の方を振り向き、

「――寒いんじゃないのか、外じゃ」

「別に」

「そうか。すぐ手配をすませる」

永沢が車に入って、無線で連絡を取っているのを、亜希は歩道に立って眺めていた。ドアが閉っているので、声は聞こえない。

マイクに向って口をパクパクやっている永沢の顔は、何となく滑稽だった。酸素が足りなくてアップアップしている金魚みたいだ。

――この辺は、にぎやかな一画からは少し外れていて、静かだが、それでも今夜は結構、アベックや若者たちのグループが通って行く。

一人で立っていると、

「一人だったら、付合わない？」

と、少し酔った声で呼ばれた。

「一人よ」

と、亜希は言った。「でも、一人でいる方がいいの」

しつこく絡《から》んで来るかと思ったが、意外にあっさりと行ってしまう。男ばかりの四人連れ。それも、三十代、四十代の男たちである。

妻もあり、子供もいる男たちなのだろう。——早く家へ帰りなさいよ、と亜希は彼らの後ろ姿に向って言ってやりたかった。クリスマス・イヴよ、ケーキでも買って、帰ったら？

日ごろは何をしてるか知らないけど。浮気してるのか、酔いどれていつも夜中に帰るのか、それとも、仕事仕事で、子供と口をきくこともないのか……。

でも、今夜は帰ってやれば？　きっと、今日ぐらいは奥さんや子供も暖かく迎えてくれるわよ。日ごろの不満はどこかへしまい込んで、クリスマス・ケーキのロウソクに火を点《つ》けて……。家族で食事に出たっていい。

きっと、どこもかしこも満員だろうけれど、世の中に、家族ってものがこんなに沢山あるもんだと分るだけでも、いいじゃないの。

席の空くのを待っているのも、家族でなら楽しい。——子供にはお腹一杯食べさせて、帰り道ではもう瞼《まぶた》がくっつきそうになる。お風呂にざぶっと入れてベッドへ入れれば、もう子供はぐっすり寝入って、目を覚まさないだろう。

今夜ぐらいは——お互い、顔も見飽きた夫婦かもしれないけれど、恋人同士の気分に戻って抱き合えばいい。

この一晩の思い出だけで、何日か、いや一週間ぐらいは、幸せな気分でいられるかもしれないじゃないの……。

「——すんだよ」

と、永沢が車から顔を出して言った。「入れよ。寒くないのか？」

亜希は肩をすくめて、車の中へ入った。助手席に体を落ちつけて、永沢がじっと腕を組んで前方を見つめているのを、横目で眺める。

「——君にはやられた」

と、永沢は言って、笑った。「まさか僕の紹介で大高が入院していたとはね」

亜希は何も言わなかった。永沢は亜希の方を向いて、

「何かあったのか、大高の奴と」

と、訊いた。

「関係ないでしょ、あなたに」

亜希は突っぱねた。「何も訊かない約束よ」

「分ってる」

永沢は、なだめるように、「訊いてみただけさ。——ここにいたくなけりゃ、家まで送らせるよ」

「いいえ」

亜希は首を振った。「あなたが約束を守るかどうか、確かめるわ」

「日比野見帆のことか」

分り切ったことに、返事をする気にもなれない。亜希は、じっと正面の通りに目を向けていた。——少し間を置いて、永沢が言った。

「今は見逃してやる。しかし、日比野見帆自身も、大高たちのグループに係わり合っている疑いが出て来た時には、そういうわけにはいかない。——分るだろう」

「ええ」

仕方ない。返事をしないわけにもいかなかった。

永沢は、息をついて、運転席のリクライニングを少し倒した。

「——ともかく、ありがたいよ。格好のクリスマス・プレゼントだ」

「そんなに大物なの、大高さんって」

と、亜希は言った。

「今、あんなことをやってる連中に、大物なんていないさ。小物を一つ一つ、潰して行く。それが我々の仕事だ」

亜希が、ちょっと笑った。永沢が不思議そうに、

「何かおかしいのか」

「あなたは何なのかな、と思ったの。――そりゃ公安の刑事としては大物かもしれない。でも、一旦《いったん》公安って肩書が外れたら、あなたなんか何でもないわ」

「そりゃそうさ。人間は誰でも何かに属して生きてるんだ。何に属するかが、問題なのさ」

そうだろうか？――亜希は思った。私は何に属しているんだろう。

「――もう五分たってる」

と、永沢は渋い顔をした。「五分以内に駆けつけなくちゃならないんだ、本当は」

「母とは、もう別れるんですか」

突然、亜希がそう言ったので、永沢は少し面食らった様子だった。

「お母さん？――ああ、お母さんと僕のことか」

「遊びだったんでしょ、どうせ。それとも……」

亜希は永沢の方を向いた。「それとも――母を〈G5〉の運動に引張り込むためだったの？」

そうか。おそらく、そうだったのだ。亜希は今までそんな風に考えたことはなかったが。——母が〈G５〉に熱中するようになったのは、「結果」であって、それが永沢の目的だったとは思ってもみなかった。

「よせよ」

と、永沢は首を振った。「公安の刑事の任務に、そんなことまでは含まれていないさ」

「でも、母はあなたのために、必死で〈G５〉の仕事をしているのよ」

「いや、もう、今は〈G５〉がお母さんの生きがいさ」

「そうじゃないわ。私には分ってる」

と、亜希は言った。「あなたは母を捨てるつもりね」

永沢は、かすかに肩をすくめた。

「捨てるも何もない。大人同士の付合いさ」

そうだろう。永沢を恨んでも仕方のないことだ。母が馬鹿だったという、それだけのことなのだ。

「——電話をかけるわ」

と、亜希が言った。

「この無線でもかけられるよ」

「いいの。外で捜すから、電話を」

「やあ、来たな」

車が二、三台、連なって近付いて来る。「無用心な奴らだ。一目で警察と分っちまうじゃないか」

と、永沢は苦笑した。

亜希が車から出て、大分遠くに見える電話ボックスに向って歩いて行くと、永沢が、やって来た部下たちにあれこれ指示をしている声が背後に聞こえた。

電話ボックスへ入り、亜希は家へかけた。まだ母は帰っていないだろうが、一応かけてみようと思ったのだ。

二、三度呼出し音がして、受話器が上ったので、却《かえ》って亜希の方がびっくりしてしまった。

「もしもし」

男の声に、一瞬戸惑ったが――。

「お父さん？」

「何だ。亜希か」

「どうして家に……。いいのよ、もちろん。だけど――」

「いや、クリスマスだろ。お前の顔でも見たいな、と思ったのさ」

と、父は言って笑った。「一人で家にいるわけがないな、考えてみれば」

「そうでもないよ。今から——帰るところ」

「そうなのか？　じゃ、待ってる。帰ろうかと思ってたんだが」

「待っててよ！　絶対に。ね？」

「ああ、分ったよ」

と、父は言って、「母さんは——外泊か？」

「そうじゃないと思うけど……。ともかく、私、帰るから」

「うん。部屋をあっためとく」

「懐《ふところ》も？」

そう言って、亜希は笑った。

電話が切れて、亜希は受話器を戻そうとした。その手が止った。

大高と見帆。——大高と見帆だ。

二人が、腕を組み、道の反対側を歩いている。吐く息が白い。足取りはせかせかと急いでいた。

二人はホテルの方へ向っていた。警察の車に、気付くだろうか？

大高と見帆は、何も気付かない様子だった。

——この夜には、路上に駐車している車はいくらもある。一つ一つ、疑ってかかっていたら、どこも歩けまい。

でも――警告してやったのに。それでもまだ、あんなに呑気なことして……。

見帆が、ほとんど前にのめるような勢いで歩いて行く。大高に思い切り抱かれたいのだろう。

しかし、見帆は知らない。今日、昼間に、大高が亜希を抱いたことを……。

電話ボックスの中から、亜希は見ていた。二人が通りを渡って、ホテルの玄関を入ろうとする。

大高の方が、足を止めた。見帆が戸惑っている。――大高が、何かを感じたのだ。

大高は、通りを見回している。永沢や部下たちはどこにいるんだろう？　亜希の目にも、全く分らなかった。

大高が、永沢の車の方へと歩いて行くのが見えた。車の中を覗き込む。

見帆が、心配そうに大高の後について来る。

車の中を見れば、無線もついているし、警察の車だということは一目で分るだろう。

その時、ホテルから男が二、三人、飛び出して来た。

亜希は、息を殺して、見ていた。大高がこの電話ボックスの方へと走り出す。

見帆が、大高を追う男たちの前に立ちはだかった。しかし、小柄な見帆に、刑事たちの突進を止める力はない。見帆がはね飛ばされて、道に転がるのが見えた。しかし、すぐに起き上って、何か叫んだ。

大高は、駆けて来て、正面にも刑事が数人現われたのに気付くと、通りの反対側へ渡ろうと飛び出した。

車が——ライトが一瞬、亜希の目を射た。まぶしさに目を思わず閉じて、急ブレーキの鋭い音にハッと息をのむ。

目を開けた時、車が完全に横向きになって停っているのが見えた。刑事たちがボックスのわきをすり抜けるようにして、駆けて行く。

その方へ目をやって、亜希は気付いた。大高が、車道の真中に、突っ伏しているのに。

見帆が走って来る。永沢が、どこにいたのか、見帆を途中でがっしりと捕まえた。

見帆は、大声で何か叫びながら、永沢の手を振り放そうとした。若い刑事が二人、駆けて来て、見帆の両腕をしっかりつかむと、遠くへ引きずって行く。

大高は、動かなかった。——永沢が歩み寄って、大高の上にかがみ込んでいる。

亜希は、やっとボックスの扉を押して、外へ出た。たった今、目の前で見たのは、現実の出来事だったのだろうか？

まるで刑事物のＴＶででも見るような一場面……。

永沢が、大高の体をまたいで、亜希の方へやって来た。

「どうしたの？」

と、亜希は言った。

「車がはねたんだ。見てなかったのか」

「まぶしくて……。それで――」

「救急車を呼んでるが、たぶん助からないだろうな」

「そう……」

何も感じない。ショックすらなかった。そこに横たわっているのが、本当に自分を抱いた男なのだろうか、と思った。

「永沢さん」

と、若い刑事がやって来た。「はねた車の方、どうしますか」

「運転してたのは？」

「サラリーマンですね。少し酔ってます。若い女と一緒で。真青になって震えてますよ」

「なかったことにしてやってもいい」

と、永沢が言った。「その代り、絶対に口外するな、と言え。運のいい奴だ」

「分りました」

若い刑事が行ってしまうと、永沢は、

「ここの処理がある。――君はどうする？」

と、訊いた。

「帰るわ、家に」

と、亜希が答える。

家に。――家に帰りたい。早く。早く。

亜希はそれだけを考えていた……。

20　赦《ゆる》しの季節

永沢が乗せてくれたタクシーで、亜希は家へ帰った。

タクシーが自宅の前に近付いたころになって、やっと見帆のことを思い出したが、今さら戻る気にもなれなかった。

少なくとも――見帆は生きているのだから……。

タクシーが停って、料金を払おうとすると、

「結構ですよ。チケットいただいてますからね」

運転手も、いやにていねいな口をきく。警察の関係者だと思って、気をつかっているのだろう。

玄関の鍵はあいていた。

「ただいま……」

中へ入ったとたん、懐《なつか》しい匂いが、亜希の鼻に届いて来た。これは――お母さんがいつも冬によく作る鍋ものの匂いだ。

「――あら、お帰り」

母がヒョイと顔を出した。「ちょうど良かったわ。手伝って」

亜希は面食らって、言葉もなかった。

ダイニングを覗くと、父が慣れない手つきで食器を並べている。

「おい、亜希、やってくれよ。落としそうで、怖くてかなわん」

「うん。――すぐ来るから。着替えて」

二階へ上る亜希の耳に、

「おい、電磁プレートはどこだ?」

と、父が言っているのが聞こえて来た。

亜希はまるで、タイムスリップでもしてしまったような気がした。――何もなかったころ、母がまだ〈G5〉などに係わり合うこともなく、大学も平和で、見帆と笑い合っていられたころの、家へ帰って来たような気がしたのである。

まあ、SF的な戸惑いはともかく、亜希は、本当に久しぶりで、父母と三人の食卓についた。

久しぶりといえば……。それは当然だ。父は三年も大阪に行っていたのだから。

「――やあ、いくらでも入るぞ、今夜は」

父も少しはしゃいでいる。

「どうぞ食べて下さいな。ご飯ぐらい沢山ありますよ」

と、母は笑った。

「これで、秀治の奴がいれば、本当に昔の通りだな」

父の言葉に、亜希はハッと胸をつかれたように感じた。

秀治のことを、もうずいぶん、長い間、考えもしなかったような気がする。

「でも、ありがたいわ、亜希もあなたも元気でいてくれて」

と、母が言った。

「母さんが少し疲れてるようだな」

と、父が言った。「なあ、亜希」

「うん。〈G5〉の仕事、やめたら?」

亜希は、母が、そんなわけにもいかないわ、と言うだろうと思っていた。

しかし、母はそう言わなかった。

「そうね……。そうしようかしら」

と、言ったのである。

「そうだよ！　そうしなよ」

と、亜希は強い口調で言った。「あんなもの、なくなっちゃえばいいんだ」

母は怒りもせずに、ちょっと笑っただけだった。

「おい、亜希。その魚は俺が狙ってたんだぞ」

「早い者勝ちです。骨だけあげる」

そう言って、亜希は笑った。

「やめたら──」

と、母が急に言い出した。

「え？　何て言ったの？」

「もしも、ね……。あのお仕事をやめたら──ここへ帰って来てもいいのかしら」

母の言葉が、亜希の胸に、哀《かな》しい刃《やいば》のように突き刺さった。

「何を言ってるんだ」

と、父が笑って、「お前の家じゃないか。ここへ帰って来なくて、どこへ帰るつもりだ？」

「私も、いつまでもいるし」

と、亜希が言うと、

「お前は適当に嫁に出す」

「いいの！　ここに亭主《ていしゅ》を連れ込むの」

と、亜希は主張（?）した。

「——あら、お茶がないわね。すぐにいれて来るわ」

母が台所へ立つ。

父が、亜希と目を見交わして、

「クリスマス・イヴだな」

とだけ、言った。

「うん」

亜希が肯く。

赦《ゆる》しの季節。互いに、慰め、いたわり合う季節。

でも——きっと、見帆は決して私を許すまい。

もし、私が密告したのだと知れば、決して決して……。

電話が鳴った。

「誰かな」

「私かもしれないわ」

と、母が手を拭きながらやって来る。

「いいわよ、私、出る」

と、亜希は立ち上った。「もし〈G5〉の用だったら、お母さんはもう寝てる、って言うから」

「亜希――」

「任せて」

亜希は駆けて行って、受話器を取った。「――宮原です」

向うはしばらく黙っていた。

「もしもし。どなたですか？」

「亜希？」

見帆の声だった。

「見帆……」

「彼が死んだわ」

と、見帆は言った。「公安の刑事に追われて、車にはねられてね。最後の言葉も聞けなかった」

「そう」

他に何と言えるだろう？――亜希は、見帆が知っているのだろうか、と思った。誰が大高の居場所を教えたかを。

「色々ありがとう」

と、見帆は言った。「亜希にはずいぶん迷惑かけちゃったね」

「そんなことないよ」

「私、今、警察から帰されたところ。——ごめんね、こんな知らせで」

知ってたのよ、私は。何もかも。

「じゃあ、また……亜希」

「うん」

——食卓に戻ると、

「誰だったんだ？」

と、父が訊いた。

「別に。大学の友だち」

と、亜希は言った。

友だち？——とんでもない！　友だちが、あんなことをするもんか。

見帆。——見帆。

私は、見帆を永久に失ったんだ、と亜希は思った。

「——はい、お茶、いれ直したわ」

母が、湯吞《ゆの》み茶碗《ぢゃわん》を亜希の前に置く。

「ありがとう」

亜希は、微笑んでそう言った。

翌日、亜希が目覚めたのは、もうお昼過ぎだった。

頭がボーッとして、昨日一日が、まるで遠い夢のように思える。

窓のカーテンを開けると、よく晴れてはいたが、風が冷たそうな日である。

眠ってしまうなんてね……。あんなことの後でも、人間は眠れるものなのだ。

奇妙なものだった。亜希はむしろさっぱりした気分で、少しはしゃぎたいようですらあったのだ。

おまけに——全く、恥知らずなんだから！——お腹も空いていた。

パジャマのまま階下へ降りて行って、

「お母さん……」

と、呼ぶ。

しかし返事はなかった。それどころか、居間のカーテンも開けていない。

どうしたんだろう？　具合でも悪いのかしら？

ゆうべは父も泊ったはずだ。たぶん、借りているアパートは引き払ってここへ帰って来るだろうが。

二階へ戻って、寝室のドアをそっと開けてみた。

中はまだ暗くて、しばらく目をこらしていると、父と母が寄り添うようにして寝入っているのが見えて来た。

亜希は少々照れてドアを閉めた。

一人で顔を洗い、服を着て、台所で勝手にパンを焼いて食べていると、電話が鳴り出した。——母が起きる！

あわてて駆けて行って出ると、

「君か」

永沢の声だった。「ゆうべはご苦労だったね」

「どうも」

と、亜希は素気なく言った。

「日比野見帆は、約束通り家へ帰したよ」

「知ってます。電話があったから」

「そうか。しかし、君の情報であのホテルが知れたとは思っていないだろう」

亜希は、顔が真赤になるのを感じた。

「何かご用ですか」

「お母さんは？」

「母は疲れて休んでます」

「そうか……」

永沢はためらっている様子だった。

「母はもう〈G5〉をやめます。体をこわしそうなんです」

亜希は挑みかかるような調子で言った。

向うは少しの間、沈黙していたが、

「――分った」

意外にも、あっさりした口調で、「ずいぶん活躍してもらったからね。確かに無理はあったかもしれない」

「分って下されば結構です」

「君は今日、出られるかい」

「私？」

「そう。君だ」

亜希は、母が階段を下りて来たのに気付いた。

「――出ようと思えば。何の用？」

と、気軽な調子になる。

「会ってほしい人がいるんだ。迎えに行こうか」

「いいえ、外で会った方が」

「分った。――じゃ、Kホテルで三時というのは？」

「いいわ」

「待ってるよ」

電話を切ると、母が、

「誰から？」

と、訊いた。

「大学の友だちよ」

と、亜希は言った。「よく寝たわね、お母さん」

「頭がクラクラするわ」

と、母は笑った。「出かけるの？」

「そんなに急がないけど」

「お母さん、お父さんのアパートへ行って来るわ。一緒に片付けて来ないと」

「ここへ戻るんでしょ」

「そういうことになったの」

母が、嬉しそうに言うのを見て、亜希の胸は熱くなった。

「ね、夜は三人で食事に出ましょうか」

と、母が言った。

「いいわね。でも、どこも満員よ、予約しとかないと」

「亜希、しといてよ」

「うん。どこか捜しとく。私の好みでね」

亜希はそう言って、「それより、今、何か食べたい！」

と、大げさな声を上げた。

——永沢が、一体誰に会えというのだろう？

何にしても、亜希はもう、永沢と係《かか》わり合いたくなかった。

やっと母を取り戻したのだ。もう、誰にも余計な口出しをしてほしくない。

亜希は切実に思った。しかし、大高と見帆は、もう取り戻すことができないのだ……。

21　夜に消える

妙なもんだわ、と亜希は思った。

町へ出ても、もうクリスマスの興奮はずっと昔のものみたいに、どこか覚めて、しらけた明るさが溢れている。

夜は夜で、結構レストランなどは家族連れでにぎわうのかもしれないが、子供たちにとっても、朝、目を覚ましてクリスマス・プレゼントをもらってしまえば、その瞬間に、

「クリスマスはおしまい」なのだろう。

本当は今日がクリスマスなのに。その日には、もうすでに過去のものになってしまっている……。

昼過ぎまで吹いていた北風もややおさまって、「三時、Kホテル」という永沢との約束に、気のすすまないまま、亜希が家を出たころには、穏やかな冬の日になっていた。

もちろん、まだ凍りついた雪は日かげのあちこちに残り……ゆうべの出来事を、亜希に思い出させた。

悔んではいたのだ。しかし、何を悔んでいるのか、亜希自身にもよく分らなかった。

大高の居場所を密告したことか、それとも大高を愛してしまったことを、か。それとも、もっともっとさかのぼって、見帆のために力になってやろう、などと、柄《がら》でもない友情に燃えたことを、悔んでいるのだろうか。

――どうでもいい。

亜希は、深く考えることが苦手だった。考えたって、どうなるものでもないだろう。今さら、大高を生き返らせることはできないのだし、見帆の友情を取り戻すことだって――。

信号が赤になって、Kホテルを目の前にしながら、亜希は横断歩道を渡れずに待つことになった。ほんの一分足らずのことだろうが、苛々《いらいら》する。

見帆……。もちろん見帆は知らない。亜希が永沢にあのホテルを教えたことなど。

それなら、何くわぬ顔で、

「大高さん、気の毒だったわね」

と、優しく声をかけて、慰めてあげて――。

だめだ！　だめだ。

少なくとも、見帆は、大高と亜希の関係を知っていたのだから……。大高との関係。

胸が引き絞るように痛んだ。

もう別れようと心を決めた亜希を、力ずくで抱いた大高の、あの笑い顔が目の前にちらついて、身震いが出た。可哀そうな見帆。でも――私だって可哀そうだ！　誰も、そう言ってはくれないけれど。

見帆に、あのことだけは言えない。見帆にとって、大高はヒーローのまま、死んだのだから……。

　気が付くと、信号が青に変って、どんどん人が渡りつつあった。亜希はあわてて横断歩道を渡った。

　Kホテルのロビーは人でごった返していて、永沢がどこにいるものやら、捜しようもないように見えた。

「――亜希君」

どこで待っていたのか、永沢の方で見付けてやって来る。

「遅れてごめんなさい」

「女性が十五分の遅刻で着けば表彰ものだ」

と、永沢は笑って言った。「行こう。部屋を取ってある」

亜希は、永沢の手を押し戻して、

「そんなつもりで来たんじゃないわ」

と、固い表情になった。

永沢は、一瞬面食らっている様子だったが、

「いや――違うよ、そうじゃない。会ってもらいたい人がいるんだ。それで二、三時間だけスイートルームを借りたんだよ」

「そう……」

勘違いだったらしいと分って、少し赤くなりながら、亜希は、「本当でしょうね」

と、強がって見せた。

――レストランを除けば、客室としては最上階のフロア。

エレベーターを降りると、深い絨毯《じゅうたん》を敷きつめた廊下は、物音さえ吸い取ってしまいそうで、人の気配はなかった。

「こっちだ」

と、永沢は歩き出して、「コート、脱いだら」

「ええ」

「フロントの会計の所、見たかい？　大学生のカップルの行列だ。こんな高いホテルでね！　大したもんだよ」

と、永沢はため息をついた。

「でも、そういう学生ばっかりの方が、ありがたいんでしょ、あなたたちには」

と、亜希は言ってやった。

「まあ、大高のようになるよりは、ましかもしれないね」

「もうあの人の名前を出さないで」

と、亜希は鋭く言った。

「そうだったな。――悪かった」

廊下の角を曲ると、目の前に、とてつもなく体の大きな男が立っていて、亜希はギョッとした。

「公安の永沢だ」

と言うと、向うも分っているようで、

「どうぞ」

と、わきへ退く。

背広姿ではあるが、たぶん百キロ近いだろうと思える体格は、普通の警官とかガードマンではない。全く無表情な顔は、亜希の背筋に冷ややかなものを感じさせた。

できるだけ早く遠ざかりたい、と思わせる男だった……。

〈インペリアルスイート〉という、英語の金文字の入ったドアの両側に、やはり二人の男が立って、永沢に目礼した。

永沢が部屋のチャイムを鳴らす。少し間があって、ドアが中から開いた。

「どうぞ」

「秘書」という字を楷書《かいしょ》で書いたような男が言った。

「さ、入って」

永沢に促されて、亜希はこわごわ中へ足を踏み入れた。

ちょっと呆《あき》れるほど広いリビングルームが目を奪った。——このホテルには以前、亜希も泊ったことがある。といっても、まだ高校生のころだ。

しかし、この部屋はまるで別の世界という印象だった。調度品も、飾りつけも、少し悪趣味と思えるほど、派手だ。

男が一人、突っ立ったまま電話をしていた。

コードレスの電話だが、歩き回っているわけではなく、ただ突っ立っているのである。

亜希の方に背中を見せているだけなので、顔は分らなかった。ただ、声はいやに大きく、リビングの中に響き渡るほどで、電話の相手はさぞかし、受話器を耳から離して聞いているに違いない。

「あんたはそこまで考えなくていい。後のことは俺に任せてくれ。——そうだ。後で秘書をやるから、具体的な日程を出しておいてくれ。——うん、そうだな」

亜希も、時々、こういう話し方をする人間を見かけることがある。自信に溢れ、何でも自己流で通すことに慣れているタイプの男だ。

誰もが自分に合わせてくれると信じて疑わない。それがまた、相手を喜ばせる、と本気で思い込んでいる……。

人の気配に気付いたのか、その男は振り返った。そして亜希の方へ興味深げな視線を送ってから、永沢の方へ、座っててくれ、と手ぶりで示した。

永沢は亜希の肩を軽く叩いて、奥のソファの方へ連れて行き、並んで腰をおろした。

亜希は、一体何が自分を待っているのか、見当もつかず、使ったことがあるのかしらと思うほどきれいに磨《みが》き上げられた戸棚《とだな》や、奇妙な形のブロンズ像などを眺めていた。

「分るだろ」

と、永沢が、低い声で言った。「誰だか」

亜希は肯いた。

いくら亜希が怠け者の大学生だって、TVのニュースぐらい見ることはある。——そう、知ってるわ、私だって、日本の首相の顔ぐらい。

亜希は家の前でタクシーを降りた。

料金は、ゆうべと同様に、永沢がチケットを渡しておいてくれたので、払わずにすんだ。向うの用事で呼び出したんだから、送ってもらったって当り前だ。そう思った。

夕方になって、また風が吹きつけて来る。――夕食を外で、と母が言っていたのを思い出し、タクシーの中からあわてて、知っているレストランに電話をしてみたが、もちろんどこも満席。

そもそも、クリスマス当日になってから、どこかを捜そうというのが無理だったのかもしれない。

諦めかけて、ふと思い付いたのが、永沢と初めて食事をした店だった。何といったろう？――そう、確か……。

どうせ永沢の払いだ、というので、タクシーの電話で、番号案内にかけて訊き、あの店にかけてみた。

もちろん、当然の如《ごと》く満席で、と断られたが、亜希は思い切って、

「永沢さんの友人なんですけど」

と、言ってみた。

向うは少し戸惑った様子だったが、

「先日ご一緒においでになった――」

「そうです」

「少しお待ち下さい」

一分ほど、間があって、何とかご用意いたします、という返事が返って来た。

――タクシーを降りて、家の玄関を入りながら、亜希は結構いい気分だった。永沢をまた利用してやった。

もちろん、そんなことくらいで永沢は怒るまい。今日、永沢は、亜希のおかげで、「偉い人」から賞《ほ》められたのだから。

これぐらいのことはしたっていい。そうだとも！

「――ただいま」

と、声をかけると、

「遅かったわね。どうしようかと思ってたのよ」

と、母が出て来る。

「ごめん。出かけようよ。予約しといたよ、お店」

「あら、良かった。何も用意してないから、どうしようかと思ってたの」

と、母は笑った。「じゃ、すぐに仕度するわ」

「うん。私も着替える」

「亜希。——居間に」

「え？」

「日比野さんが。十分くらい前にみえたのよ」

亜希は、居間へ入って行った。

「——突然、ごめんね」

見帆は、ソファに浅く腰をおろして、亜希に微笑みかけた。

「出かけてて……。私——」

「色々ありがとう」

「何よ、急に」

と、亜希はコートを脱いで、投げ出した。

「大学、やめることになったから」

と、見帆は言った。

「やめるの？」

「アメリカに行く。年が明けたら」

と、見帆は言った。

亜希は、目を伏せた。——その方がいいのかもしれない、とは思った。しかし、見帆のいない大学？　そんなものに通って、何が面白いだろう。

「両親も、出したがってるのよ」

と、見帆は肩をすくめて、「日本にいると何かとまた、迷惑なんでしょ」

「そう……。寂しいな」

と、亜希は言った。「向うで何をするつもり？」

「考えてないわ。取りあえず観光客ね。自由の女神の写真でもとって来る」

と、見帆は笑った。

それから、傍《そば》に置いたコートのポケットを探って、紙に包んだ本らしいものを取り出すと、

「これ……。大高さんの持ってた本なの。あなたにも、何か持っていてほしいと思って」

テーブルに、主《ぬし》を失った本が置かれた。

「見帆が持ってれば？」

「私は色々持ってるわ。大分取り上げられたけど、個人的な物はいくつかね」

「じゃあ……いただいとくわ」

「うん。——お母さん、元気そうになったわね」

「〈G5〉もやめたの。父も帰って来たし」

「良かったね」

見帆は、そう言って、立ち上った。「じゃ……お出かけでしょ？　失礼するわ」

「見帆——もう、これで？」

何を言っているんだろう？　裏切った友だちに、また会ってくれ、と頼むつもりなのか。

「急なことで忙しくて」

と、見帆は曖昧《あいまい》に言った。「もし、時間があったら、また」

「電話してね。いつでも」

玄関まで送りに出た亜希は、サンダルをはいて外へ出た。

「寒いよ、亜希」

「いいの。——見帆」

「元気でね。もし、会えなくても、手紙、書くわ」

「うん」

あっさりと、見帆は手を振って駆けて行った。

涙もない、手早い別れだった。

もちろん、もう完全な夜がやって来ていて、見帆の姿は、すぐに見えなくなった。

二度と会えないかもしれない。——亜希はそう思った。

会うとしても……五年、十年後のことかもしれない。

「——亜希、どうしたの？」

母の声に、亜希は我に返って身震いすると、

「何でもないの」

と答えて、急いで家の中へと駆け戻って行った。

22　静かな日

穏やかに、年が明けた。

亜希は、どこにも出かけなかった。——ずっと家にいて、別に退屈するでもない。父も母も、のんびりとＴＶなんか眺めていて……。亜希が冗談に、

「時差ぼけだ」

と、笑ったくらい、みんな昼近くまで寝て、夜中まで本を読んだり、ゲームをやったり、という日が続いた。

三ヶ日が明けて、仕事が始まる前の日、三人は、秀治のお墓参りに行った。

三人揃ってのお墓参りは、久しぶりのことだった。時期は少々おかしいかもしれないが、会いに行くのに、そんなこと、構やしないだろう。

正月とは思えない暖かさで、風もない日だった。コートの前を開けて歩いて、ちょうど

良かった。

「——静かだね」

と、墓地を歩きながら、亜希は言った。

「そうね。——秀治もぐっすり眠ってられるでしょ」

母の言葉は、亜希の胸に冷たい清水のようにしみ込んだ。

秀治。——秀治。

たった十七歳で死んでしまったあんたのことを、私、忘れかけてた。恋だの裏切りだの、って騒ぎながら、恋をすることも、裏切ることもできなくなったあんたのことを、姉さん、考えたこともなかった。

ごめんね。もう忘れない。もう、一人で放《ほう》っておかないからね……。

花を置き、線香をたいて、墓前で両手を合わせていると、別に神や仏を信じているわけでもない亜希が、不思議と心の軽くなる気がした。

「——お母さん」

と、立ち上って声をかけたが、母には聞こえた風ではなかった。

じっと両手を合わせて、祈っているというよりは、何かを話しかけている、という様子だ。父の方へ目をやると、父は亜希を見て、軽く肯いて見せる。

亜希は一人で、そっと墓前を離れた。——母と、その傍の父の後ろ姿を眺めて、亜希はしばし、飽きなかった。もう、すっかり元の通りに戻ったのだ。

このままの日々が、いつまでも続いてほしい、と思った。いつまでも……。

人気《ひとけ》のない、墓地の中を、少し歩いてみた。もちろん、母が呼べば、こんなに静かなのだから、聞こえるだろう。

靴の下で、細かい砂利がキリキリと鳴った。耳に入るのはそれだけで、後はどこか遠くの方で車のクラクションが……。

不意に、誰かがそばに立っているのに気付いて、亜希は足を止めた。

向うもびっくりしている。黒っぽいコートを着て、コートのボタンを全部きっちりとはめている。

「あ――」

と、亜希は思わず言った。「あなた……」

久保田だ。見帆を見張っていた、永沢の部下の若い刑事である。

「やあ」

久保田は、少し困ったような顔をしていた。

「久保田さん。――何してるんですか、こんな所で」

亜希はそう言ってから、もちろん久保田が偶然こんな所にいるわけでないのに気付いた。

「お母さんたちは？」

と、久保田が訊いた。

「弟のお墓に。二人にしておこうと思って、こっちへ来たんです」

亜希は、いやでも現実に立ち戻らなくてはならなかった。「見張ってるんですか、私のこと？」

「いや、そうじゃないよ。ただ……」

と、久保田は言い淀んだ。

「だって、たまたまここに来たってわけじゃないでしょ。お墓参りとも思えないし」

「うん……。見失って、うろうろしてたんだ」

と、久保田は言った。「あんまり近付いてもね……。でも、穏やかな天気だね」

突然、久保田が天気のことなど言い出したので、亜希は笑ってしまった。

そして——いきなり、亜希の笑いは消えた。分ったのだ。

「母のことを、見張ってるのね。——そうなのね」

と、亜希は言った。

久保田は答えなかったが、否定しないこと自体、肯定したのと同じことだ。

「汚ないのね」

と、亜希は久保田をにらみつけた。「〈G5〉の幹部だった間は散々こき使って、やめたら今度は余計なことをしゃべらないか、見張ってるわけ？」

「いや、そうじゃない」

と、久保田は言った。「見張るというか……護衛といった方が正しいよ」

「母を？」

「〈G5〉の責任者だった人だ。過激派から見りゃ、立派な標的さ」

思いもかけない話だった。——亜希は身震いした。

「何かそんな計画があるの？」

「いや……。僕はよく知らない。永沢さんに言われて、こうしてついて歩いてるだけだから」

久保田がそう言ったのは、本当だろう。いちいち、詳しい話を部下にしているわけではない。

「首相に会ったって？」

と、久保田が話を変えた。「永沢さんが、鼻が高かった、と言ってたよ」

「思い出したくもない」

と、亜希は言った。「何も、私が会いたかったわけじゃないわ」

久保田は、ちょっと戸惑った様子で、黙っていた。彼にとっては、そんな「偉い人」に会って嬉しくない、なんて信じられないのかもしれない。

その時、

「亜希――」

と、遠くで声がした。

「母が呼んでる。――目につかないようにしてね」

と言うと、亜希は急ぎ足で、父と母の方へ戻って行った。


十日過ぎ、亜希は大学へ行った。

もう始まっている講座もあったのだが、ほとんどの学生は十五日ごろでないと、出て来ない。まだキャンパスの中は閑散として、半分眠っているような状態だった。

亜希は、特別出席しなくてはならないわけではなかったのだが、やって来た。家にいても退屈だ、というわけだった。

行く所がなくて、大学に来るなんて、本当につまんないわね、と亜希は思った。

見帆、――そう、見帆はもうここにいない。

見帆に会いたくて、私はここに来たんだろうか？

「亜希」

呼ばれて、一瞬、亜希の胸がときめいた。――見帆！　見帆だわ。やっぱり大学へ来てたのね！

しかし……。やって来た女の子を見て、亜希はがっかりした。

「久美か」

「亜希……。何か用事で来たの？」

「大学へ何の用で来るの？　勉強に決ってんでしょ」

と、亜希は言ってやった。「久美、珍しいじゃないの。一月中に大学へ出て来るなんて」

これは必ずしも冗談ではないのだ。久美は曖昧に笑って、

「ね、お茶飲まない？」

と、言った。

久美、おかしいな、と亜希は思った。

いつになく、元気がない。大体いつも活気のようなものはない子だが、それでも派手好きだし、目立っている。それを自分でも意識しているから……。

しかし、今日の久美は何だか人目を避けたいような様子なのだ。

「いいよ」

と、亜希は言った。「学食、開いてるかな？」

「外に出よう。あんまり知ってる子に会いたくないの」

久美がこんなことを言うのは珍しい。――亜希は久美に付合うことにして、キャンパスを出ると、五分ほど歩いて、小さな喫茶店に入った。

「こんな店、初めて」

と、亜希は店の中を見回した。

「私もめったに来ない。高いのよ、コーヒーが」

と、久美は言った。

しばらく、二人とも無言だった。——亜希からすれば、久美は前のボーイフレンドをかっさらって行ったのだ。

しかし、今となっては、もう遠い昔のことだった。亜希は、あれから、あまりに多くを体験して来た。

「久美……。何か話があるんじゃないの？」

と、亜希が言うと、

「うん」

と、肯いてから、久美は亜希を眺めて、「亜希、変ったわね」

「そう？」

「うん。——『だから何なのよ』って言わなくなったし」

亜希はちょっと笑って、

「馬鹿にしてんの？」

「違うって！　本当に凄く変った……。ね、そう言われない？」

「言ってくれる人がいないの、残念ながら」

と、亜希は少しおどけて言った。「例の、ヨットの彼氏はどうした？　冬の間は何してんの？　スキーか、それともハワイかオーストラリア？」

久美の顔が少し引きつったと思うと、大粒の涙がこぼれた。亜希はびっくりして、

「久美！」

「ごめん……。困ってんの。ね、亜希。助けて、なんて頼めるがらじゃないんだけど……」

久美は涙を拭いた。

「どうしたのよ」

「私――妊娠してる」

亜希は、久美が少しやつれて見えるのに、初めて気付いた。

「じゃ――彼の？」

「分んないの。誰だか」

久美は首を振った。「パーティがあって……。彼のヨットでね。めちゃくちゃ飲んで。――他にも女の子がいたから安心してたの。でも、気分悪くなって横になってる内に、みんな女の子は帰って、私一人になってたの」

「じゃ……一人じゃなくて？」

「男の子四人で……かわるがわる、朝まで……」

声が震えた。「怖かったわ」

「彼は黙って見てたの？」

「一緒になって、はしゃいでたわ。初めっから、そのつもりだったのよ」

亜希も唖然とした。少しは亜希も付合った相手だ。まさかそんなことをするとは、思ってもいなかった。

「で、写真とられて……。訴えたりしたら、それをばらまくって……。私、何も言えなかったの」

久美はうなだれた。「——しばらくして、妊娠したことに気付いたわ。でも……親にはとても言えないし……」

「今、何か月？」

「四か月と少し……かな。もう、何とかしないと。お母さん、少し怪しみ出してるの。ね、亜希、どこか知らない？　あの——お医者を」

声をひそめて話しているだけ、惨《みじ》めな感じだった。

あの、目立ちたがりの久美が、今は人目が怖いように首をすぼめている。哀れだった。

「私、よく知らないけど」

と、亜希は言った。「でも、男の子たちだって、放《ほ》っとけないじゃない」

「仕方ないわ。もしあの写真を——」

久美は肩をすくめた。

亜希は大高のことを、思い出した。——胸はまだ痛む。

恋していたのに、それを汚したのは、大高の方だった。男なんて、同じだ。男なんて！

「——病院、当ってあげる」

と、亜希は言った。

「本当？」

久美が、信じられない、という表情で、亜希を見た。

「何よ、頼んどいて、信用しないの？」

「そうじゃないけど……。亜希がそんなにしてくれるなんて……悪くて」

「お互い様よ、困った時は」

と、亜希は言った。「早い方がいいね。——お金、用意できる？」

「自分の貯金がある」

「そうか。じゃ、待ってて」

亜希は、席を立って、店の中の公衆電話へと歩いて行った。

果して、効果があるだろうか？　まだ、向うが憶えていれば……。

亜希は、大高を入院させていた病院に、電話したのだった。

23　変化

大学を出ようとした亜希は、道の反対側に車を停め、それにもたれかかって立っている永沢に目を止めた。

無視してもいい。しかし、言っておきたいこともあった。

亜希は真直《まっす》ぐに歩いて行った。

「——どうも」

「元気そうだね」

と、永沢は言った。「乗らないか」

「行先によるわ」

「大丈夫。ベッドに誘いはしないよ」

「お断りよ」

と、舌を出して見せ、亜希は笑った。

一月の下旬に入っていた。もちろん、もう大学はいつもの通り、学生で一杯だ。

車が走り出すと、

「びっくりしたよ」

と、永沢が言った。「いつの間にやら、僕が女子大生を妊娠させたことになってたらしい」

亜希は、笑い出した。

「ごめんなさい！　でも、そう言わないと、受け付けてくれなかったの」

「こっちは、噂を否定するのに大変さ」

と、言いながら、永沢は本気で怒っている様子ではなかった。「君の友だち？」

「ええ。ひどい目にあったの」

と、亜希は肯いた。「放っとけなかった」

「それで、無事に？」

「おかげさまで。あなたの名前の威力って大したものね」

亜希は、永沢を恐ろしいと思わなくなっていた。

なぜだろう？——たぶん、首相に会った時からのことだ。

永沢が、亜希を利用して、自分の点数を上げたのだと知った時、永沢は、上のご機嫌を気にする役人にすぎなくなったのである。

「もしかしたら、私だって、あなたの子を、ってことになってたかもしれないわ。そうでしょ？」

「理屈だね。まあいい。構やしないよ」

「支払いはちゃんとすませたわ」

と、亜希は言った。「どこに行くの？」

「パーティがある。君、出てくれないか」

「パーティ？　何なの、それ？」

「大がかりな奴だ。千人からの人間が集まる。——旨いものが食べられるし、飲みものも、自由だ」

「この格好で？　いやだわ」

「着替える時間はあるよ。どうだ？」

「着るものは？」

「選べばいい。公費で払う」

公費でね……。何ともけちな話だ。

永沢は、もう、どうということのない、一人の男にすぎない。公務員。役人。

亜希は、自分の方が、ずっと自由だ、と思った……。

「いいわ」

亜希は肯いて、「アクセサリーもね」

と、付け加えた。

パーティは、思っていた以上に亜希を興奮させた。奇妙な疲労が、ある程度を超えると快感になっていく、そんな体験は、初めてのことだった。

人、また人の波。話し声、笑い声の渦《うず》。

しかし、そのどれもが、本当の笑いではない、という奇妙さ。

亜希は、家には友だちの家に寄る、とだけ言っておいた。永沢のつけで、ホテルのショッピング街で買物をし、ずいぶん大人びたドレスを身につけた。何だか体がこわばってしまっているようで、歩くのも面倒という感じだ。

食べるものはおいしかった。――亜希は、食べることにしばらくは熱中した。

「失礼」

と、亜希の後ろから手が伸びて、トレイから、ごっそりと料理を取る。

何よ、この人、ちゃんと順番を待って。

亜希は振り返ってにらんでやろうとしたが……。

「あれ？」

「え？」

相手は亜希のことが分らない様子だった。

「何だ、久保田さんじゃないの」

「君……」

久保田は、やっと分って、「ああ！　いや――知らなかったから」

と、頭をかいた。

久保田は赤い顔をしていた。飲んでもいるらしい。

「頑張って食べてるのね」

「僕みたいな安月給にゃ、いい機会だからね」

と、久保田は、少し照れたように言って、

「君、凄くきれいだよ」

「ありがとう。ドレスが、でしょ」

亜希は笑って、「こんなパーティ、初めてだわ」

「誰が誰やらね」

「あなた、どうしてここへ来てるの？」

「永沢さんに言われて。――ま、何かあった時のために、ってことだろ」

「役に立たないわね、その様子じゃ」

と、亜希は笑った。「ねえ、見た？　あの人――ほら女優の……」

「ああ、本当だ」

「隣にいるのは、歌舞伎《かぶき》役者でしょ、確か。それと、向うで——ほら、今笑ってる人、有名なファッションデザイナーよ」

「へえ。よく知ってるね」

「知らない方が珍しいんじゃない？」

と、亜希は言った。「暑いわね。少し外へ出るわ」

「じゃ、僕も」

「いいわよ。食べてれば？」

「いや、一休みしたいと思ってたんだ」

と、久保田は言って、自分が皿に取った料理を、一気に口へ入れ、目を白黒させた。

——ロビーへ出ると、亜希と久保田はソファに腰をおろした。

「君はどうして……」

「永沢さんに連れて来られたのよ」

亜希は、ほてった頰を、軽く手でさすった。

「気持いい！　人疲れってあるわね」

「いつもあんなのに出てる人間ってのがいるんだな」

久保田は、ネクタイをゆるめた。「僕とは縁がないけど」

「ない方がいい。——そうじゃない？」

と、亜希は言った。

「どうして？」

「何か――友だちとか、家族とか、そういう大切なものを捨てないと、ああいう世界にはいられないんじゃないかしら。そんな気がするの」

「よく分らないけど……」

と、久保田は肩をすくめた。「僕なんかにゃ、憧《あこが》れだね」

「そう？」

亜希が何か言いかけると、

「失礼」

と、男が声をかけて来た。

「何です？」

と、久保田が言った。

「このパーティのお客ですか」

「ええ」

「あちらのソファに移っていていただけませんか」

久保田にも、相手が誰か分ったらしい。久保田が身分証を出して見せると、

「これは失礼。――こちらは？」

と、ＳＰは言った。

「僕の連れです」

「なるほど。では結構です」

ＳＰが、足早に立ち去る。

「何かしら？」

「誰か偉い人が来るんだ。通り道をチェックしてるんだよ」

「感じ悪い人ね」

と、亜希は顔をしかめた。

「ＳＰってのは、自分たちを特別のエリートだと思ってるからな」

亜希はちょっと笑った。

「何がおかしいんだい？」

「あなただって、公安の刑事でしょ。似たようなもんじゃないの」

「そうかな……」

久保田は割合本気で、考え込んでしまったようだ。

すると、ロビーの方にざわめきが起った。

「――やって来たね」

と、久保田が言った。

「誰？　ずいぶん大げさだけど」

と、亜希は大して関心もなく、言った。

「――驚いたな」

と、久保田は言った。「君の知ってる人だよ」

亜希は、何人ものがっしりした男たちに囲まれて歩いて来る男を見た。――首相だ。

「知ってるって……会ったことがあるってだけよ」

亜希はソファに座ったまま、動かなかった。

首相は、亜希の座っているソファから少し離れた所を通り過ぎて行った。

亜希は、それでも鼓動の早まるのを感じていた。もちろん――向うは憶えてやしない。当然だ。

「お待ち下さい」

パーティの入口で、首相は足を止めた。会場にアナウンスでも流れるのだろうか。

足を止めている間に、首相の目はスッとロビーの中を巡った。そして……。

亜希は、その人が真直ぐ自分の方へやって来るのを見ていた。周囲のSPが、あわててついて来る。

亜希は、久保田がパッと立ち上るのを見てから、そろそろと腰を上げた。

「やあ」

と、力強い声が言った。「僕を憶えてるかな？」

「はい」

亜希は、頭を下げて、「どうも……」

何を言っていいか、分らなかったのである。

「このパーティに出てるの？」

「はい。あの――ちょっと休んでいたんですけど」

「じゃ、一緒に入ろう」

と、首相は言った。

「え？」

「パーティに女性同伴は常識だ。こんないかついのに囲まれて入るんじゃ、面白くない。腕を組んでもいいかね」

「はい、あの……」

何だかわけの分らない内に、亜希は、その人と腕を組んで、パーティ会場の入口に立っていた。

「総理、カメラマンが――」

と、秘書らしい男が言った。

「構うもんか。親戚《しんせき》の子だとでも言っとけ」

首相は面白がっていた。「少し色っぽい子供だが」

亜希は頰がカッと熱くなるのを感じた。

「――お待たせいたしました」

と、パーティの責任者らしい男が駆けて来た。

「総理は十五分ほどしかおられませんので……」

「もちろん、承知しております」

「成り行きによるぞ」

と、首相は笑って言った。「男女の仲と同じだな」

ドアが開いた。

亜希は、強いライトを当てられて、目がくらんだ。――拍手と、フラッシュの光。

首相が、右手を上げて見せながら、左の腕に亜希をつかまらせて、ゆっくりと足を進めた。

亜希は、後悔した。といって、拒めただろうか？

晴れがましくも何ともない。――亜希は、ただ、早くこの場から逃げ出したかった。

「――疲れたわ」

と、亜希は言った。

「しかし、今夜の君はスターだったね」

永沢は車を運転しながら、言った。

「やめて。頭が痛いの」

と、亜希は息をついた。「まだ目がくらんでるわ」

「君と首相か。なかなか良く似合った」

「写真が出る？」

「そりゃ、どこかには出るさ。仕方がない」

「困るわ……。母に何て言えばいいの？」

「首相とちょっと仲良くしてるもんだから、と言えばいいさ」

永沢はニヤリと笑った。

「人をからかって！」

「怒るなよ。首相も君を気に入ってる」

「そんなわけないわ」

「あのパーティに一時間もいたんだぜ。いつもならありえないよ」

「私なんかエスコートして、どこが面白いの？」

「君はね、自分で思ってるよりは、魅力があるんだ。久保田も君に気がある。分るだろう？」

まさか。——そんなこと、ありえない。

私が魅力的？　誰も、そんなこと、言っちゃくれなかった、今までは。

今までは……。

でも——今は違うんだろうか？

亜希って変った。——久美はそう言ったっけ。

私は変ったのだろうか？

なぜ？　どう変ったというんだろう？

亜希は、じっと前方の闇《やみ》を見つめていた。——それは果しなく続くトンネルのように見えた。

24　写真

「宮原さん。——宮原亜希さん」

え？　誰だっけ、宮原亜希って。どっかで聞いたような名前ね。

「宮原さん」

もう一度呼ばれると、一緒にお昼を食べていた久美が、

「亜希。——呼んでるよ」

と、亜希のわき腹をつついた。

亜希は、まだランチを半分しか食べていない。でも、これ以上無視しているわけにもいかなかった。

「分った。——何かしらね」

亜希は、仕方なく腰を浮かした。事務の女性が、もう亜希を見付けて、やって来ていた。

「宮原さんよね」

「そうですけど……」

「ちょっと学部長室に」

「何ですか？」

「さあ。私は知らないわ」

学部長室に？　亜希にはまるで心当りがなかった。

「亜希、このランチ、どうする？」

と、久美が訊くと、亜希は、

「もちろん、しっかり見張ってて」

と、言ってやった。

亜希は、食堂を出て、足早に学部長室へと向った。

――久美は、乱暴されて妊娠したのを、亜希の紹介した病院で、うまく処置してもらってから、すっかり亜希にくっつくようになった。

今では、久美が亜希の弟分――いや、妹分という感じで、少々うるさいくらい、亜希について歩いている。

奇妙な気分だった。およそ亜希は誰かに頼られるという性格ではないのだ。でも、現にこうして頼られていると、決して悪い気持ではなかった……。

「学部長って、誰だっけ?」

と、〈学部長室〉のプレートのはまったドアを開けようとして、亜希は呟いた。

「――失礼します」

と、中へ入って行くと、かなりの広さの部屋の奥に、大きな机があり、その向うで、パンフレットで見た顔の学部長が、立ち上った。

「宮原亜希君か」

と、その白髪の男は言った。

「そうです」

亜希は、他に男が二人、接客用のソファにかけていて、亜希が入って行くと、腰を浮かすのに気付いた。

「かけたまえ。――こちらはY新聞の方だ」

新聞。――確かに、その男たちは記者らしい印象を与えた。一人はカメラを膝《ひざ》にのせている。

「何かご用なんですか」

と、亜希は言った。

「ぜひ君の話を聞きたいとおっしゃってるんだよ」

学部長が、亜希の方へやって来ると、なれなれしく、肩に手をかけた。「君は首相ととても親しいそうだね」

亜希は、カメラが自分の方へ向くのを見た。――学部長が、亜希と肩を組んでいる格好でポーズを作る。フラッシュが光った。

亜希は笑い出してしまった。

学部長が、戸惑ったように亜希を見た。

「何がおかしいんだね？」

何もかも！　馬鹿げてて、笑わずにはいられなかった。

パーティでたまたま一緒になって、それも話らしい話もしていないのに、「とても親しい」ことになってしまう。

それをこの記者が記事にすれば、それは誰一人疑うことのない真実となって、人々はそれが本当だと思い込む。

誰それと仲がいい。あの人と古い友人。親友同士……。

そんなインタビュー記事が、せいぜい一、二度会ったことがある、という事実をもとにして作られて行くのだと、亜希は初めて知った。

それじゃ私も「有名人」なのね。どういう有名人？　「首相の友人」か、それとも「若い恋人」か……。

「首相とはどこでお会いになったんですか？」

と、記者が訊いて、メモを取ろうと構える。

学部長は、まるで自分の娘が表彰でもされているような誇らしげな表情で、亜希の答えを待っていた。

亜希は、わざと少し間を置いた。

「――たまたまパーティでお会いしただけですけど」

「しかし、親しげに腕を組んでパーティ会場に入ったと……」

「たまたま、そこに私しかいなかったんです。一人で入るのもつまらない、と思われたんじゃないですか」

記者の方は、少し困惑した様子だった。

「しかし……その前から、首相とは面識が――」

「ありません」

と、亜希は言った。「もちろん、TVや新聞で見てますから、お顔は知ってますけど、知り合いなんかじゃありませんし、親しくもありません。誰か他の人と勘違いなさってるんじゃありませんか」

「そうですか？　いや――だけど、妙だなあ……」

と、記者は首をかしげている。

「しかしね、君」

と、学部長は、「束《つか》の間《ま》の夢」をこわされて、渋い顔になっている。「パーティでは、あれこれお話もしたんだろう？」

「そうですね」

と、亜希は言った。

「その時の話では、どんなことが印象に残りました？」

と、記者は言った。

「そうですね」

亜希は、少し視線を上げて、考えてから、言った。「少し口がくさかったことかな」

亜希は、一緒に帰ろうという久美の誘いを断って、一人で大学を出た。

もう二月に入って、そろそろ卒業して行く四年生は落ちつかない。いや、事実上、大学ではもう講義を受けることがないのである。

亜希はまだ今年やっと三年生になる。半分が終ったところだ。

「まずかったかな」

と、呟いた。

学部長、さぞ顔を潰されて怒っているだろう。しかし、新聞なんかに出たら、どうなるか。

もちろん父や母の目にはとまるだろう。そして見帆にも……。

見帆。——亜希は赤信号で、足を止めた。

二月にしては、春のような暖かい日で、つい先週雪の降ったのが嘘みたいだった。

見帆からは何の便りもなかった。向うで落ちつけば、手紙をくれると言っていたのだが、もし、これを機会に亜希と縁を切るつもりだったとしても、不思議ではない。

その見帆の目に、首相と腕を組んでいる自分の姿など、触れてほしくなかった。もちろん、分っている。そんなことを言うくらいなら、あの時、一緒にパーティ会場へ入るのを、拒めば良かったのだ。

でも、それはできなかった。——ごめんね、見帆。

たとえ日本にいなくても、向うで日本の新聞を見ることはあるだろうし、他の誰かから、耳にすることもあるかもしれない。

見帆。二度と、あんなことしないからね。もう二度と……。

信号が青になって、歩き出そうとすると、車が、信号の変り目で、そのまま横断歩道を突っ切って行った。

タイミングとしては、少し強引、という感じではあったが……。

「——あ、ごめんなさい」

誰かに突き当られて、亜希は謝った。亜希の方が急に立ち止ってしまったので、自分が悪いと思ったのである。

「立ち止んないでよ、こんな所で」

と、もともと(?)不服顔のおばさんが、ジロリと亜希をにらんで、行ってしまう。

「謝ったでしょ」

亜希は小さな声で言うと、ちょっとそのおばさんの後ろ姿に向って、舌を出してやった。

亜希は、わざと少しゆっくり横断歩道を渡った。あのおばさんと並びたくなかったのである。

それにしても……今の車の女の人、似てたな、と思う。

亜希が横断歩道を渡りかけて立ち止ってしまったのは、駆け抜けて行った車の中に、チラッと見えた横顔が、見帆とよく似ていたからだ。

もちろん、それが本当に見帆であるはずはないし、横顔の印象ぐらい、似た女《ひと》はいくらもいるだろうし、特に、ちょうど見帆のことを考えてもいたのだから……。

亜希は腕時計を見た。結構時間は早い。

ふと思い付いて、電話ボックスへ入ると、家へかけた。このところ、帰りの早い時は、母とよく一緒に買物に出るのだ。

荷物を両手一杯、持てるだけ持って……。母と娘の買物。当り前のようで、亜希にとっては新しい「娯楽」なのである。

「お話し中か……」

三回、かけてみたが、ずっとお話し中で、亜希は諦めた。誰と長電話してるんだろう？ともかく家へ帰ろう。電話ボックスを出ると、亜希は足早に歩き出した。

「――ただいま」

亜希は玄関に入って、そう言ってから、ふと眉を寄せた。

玄関に、女ものの靴《くつ》が四、五足も並んでいるのだ。誰だろう？

靴を見れば、母の知人だということは分る。上って、そのまま自分の部屋へ行こうとすると、

「亜希。帰ったの」

と、母が居間から出て来る。

「今ね。お客さんでしょ」

「そうなの。〈G5〉の時の、一緒だった方たちがね」

〈G5〉と聞いて、つい反射的に顔をしかめてしまう。母は笑って、

「大丈夫よ、もう私はOG。それより、亜希、みなさん、あんたのことで、みえたのよ」

「私のこと？」

「そう。――ほら、これ」

母が手にしていたのは、アート紙にカラーで刷られた、政府の発行しているペラペラの新聞みたいなものだった。PR用で、無料配布されている。亜希など、ろくに見たこともないが、よく母は熱心に読んでいた。

「これがどうしたの？」

「これ見て、みなさん、びっくりなさったのよ」

母が開いたページに、首相と亜希の、腕を組んだ写真が、大きくのっていた。

たぶんそうだろう、と予想はしていたが、実際に見た時、軽いショックが亜希を襲った。頬をやや紅潮させているその女は、別人のように見えた。馬鹿みたいで、醜かった。

「どうして黙ってたの？」

と、母が言った。「あなた、前にもお目にかかったんですって？」

「そんなのでたらめよ」

と、亜希は言った。「たまたま、写真をとられただけ」

「でも――」

「永沢さんとバッタリ会ったの。パーティがあるから、来ないか、って誘われて。暇だったから、行ったのよ。それだけ」

永沢の名前を出すのはためらわれたのだが、仕方ない。しかし、母は別にその名を聞いても何とも思わない様子だった。

「そう。でも凄いじゃないの。――ね、みなさんが、会いたがってるわ」

「私、別に話すことなんてないわ」

「何か適当に。――ね？　どんな様子だったとか、どんな話をしたとか……。何か聞けば満足するんだから」

亜希はためらった。しかし、かつての〈G5〉の仲間たちの前で、多少なりとも、得意な顔をしたいという母の思いは、それなりに理解できた。

それを、あの学部長と一緒に扱うわけにはいかない。

「分ったわ」

と、亜希は諦めて、母について、居間へ入って行った……。

25　潜行

「驚いたな」

例の写真を見た父の反応は、その一言だった。

別に、そのこと自体を、自慢したい様子でもなかったが、といって不愉快ということもないようで、亜希は少しがっかりした。

少し勝手かもしれないが、がっかりしたのである。

——土曜日だった。

亜希は大学へは行かずに、昼近くまで寝ていて、やっとこ起き出して来た。

「お母さん」

と、台所へ声をかけてみる。「——お母さん？」

いないらしい。出かけたのかな。昨日は、出かけるなんて言っていなかったのに。

まあ、でも母にももちろん急な用事ができることだってあるだろう。

亜希は、一旦《いったん》二階へ上って、顔を洗い、身仕度して下りて来た。

「何か食べるもの……」

ダイニングのテーブルを見て、亜希はホットケーキがラップにくるんで置いてあるのを見付けた。

やった。――どうりで、甘ったるい匂いがしてると思った。

そして、それを電子レンジであっためようとした亜希は、母のメモを見た。

〈ちょっと用事で出て来ます〉

ふと、亜希はいやな気持がした。母が〈G5〉の活動に夢中の時、よくこんな風にメモを残して、出かけてしまったことを、思い出したのである。

もちろん、もう母は〈G5〉とは何の関係もない。二度と、あんなものに熱中したりはしないだろう。

この「用事」というのは、〈G5〉とは無関係の、全然別のことに決っている。――そうに決ってる。

亜希は、ホットケーキをあたため、シロップを冷蔵庫から出して、食べ始めた。

大学でも、もちろんあの首相との写真のことは話題になっている。この間の取材に来た記者は、結局、適当なでっち上げで、記事を書いてしまったのだ。もちろん、写真も添えられていた。

Y新聞は、現首相とつながりが深く、取締役をつとめている人間が、首相の最重要なブレーンの一人である。永沢があのパーティの時、亜希にも紹介してくれたが、亜希は相手の名前も顔も憶えていなかった。

大新聞の重役が、現政府の要職につく、などということは、以前なら考えられないことだった。言論人のプライドが、それを許さない、というのが——多分に建前だけのものではあっても——どの新聞にも共通していたものだ。

でも今は、誰もが競って首相と「お近づき」になりたがる。そのために、せっせと首相に取り入るような記事をのせているのだった。——よく、見帆が怒って、そんな話を亜希にしてくれた。

「その内、とる新聞がなくなっちゃう」

と、苦笑いしていたものだ。

亜希にとっては、どうでもいいことだった。どうせ新聞といっても、TV欄しか見ないのだから……。

——しかし、大学では今や、亜希は有名人だ。久美はただびっくりしているだけだったが、他の子たちも、昼休みなどに、亜希を見かけると声をかけて来るようになった。

まだ、あの記事が出て三、四日しかたたないのに、亜希は大学の同好会から、パーティの招待を二件ももらっていた。笑うしかない。

もちろん、そんなものに出て、ただ、「話の種」にされるのはごめんだった。

あの記事を、見帆は見ただろうか？　亜希には、それが気になっていた。

そしてもう一つ、恐れていたこと。――それは、亜希が大高を「売った」ことが、あの記事と関連して洩れることだった。

まさかとは思うが……。それだけは、見帆に知られたくない。見帆に詰問《きつもん》されたら、何と言えばいいのか。

大高が、無理に亜希を抱いたことを、話すのか？――いやだ！　それはしたくなかった。

「落ちついて」

と、独り言を言った。「また悪いくせよ。悪い方にばっかり考えるっていうのが」

ホットケーキを食べ終えて、皿を流しで洗っていると、電話が鳴り出した。

「はいはい。――待ってよ！」

あわててタオルをつかみ、手を拭きながら駆けて行く。

やっと受話器を取ると、

「何だ、寝てたのか」

と、父の声がした。

「お父さん？　洗いものしてたのよ」

「本当か？　雪だな、明日は」

と、父が笑った。

「どうしたの？　今日は会社へ出るって言ってたじゃない」

「そうなんだ。ところが——」

と、言いかけて、「どうだ出て来ないか？　何か買ってやる」

「珍しい」

と、亜希は笑った。「それこそ雪だ」

どうやら、父はえらく上機嫌である。何があったのだろう？

二十分で仕度して出る、ということにして、亜希は待ち合せの場所を決めた。

台所へ戻りかけると、また電話が鳴り出した。今度は母からかもしれない。

「はい、宮原です」

と、言ったが——向うは何も言わなかった。「もしもし。——どなた？」

しばらく、奇妙な沈黙があった。亜希は、誰かが電話口の向うで、じっと息を殺しているのを、感じとった。誰か、亜希の知っている誰かが……。

プツッと、電話は切れた。

「——いいの？」

亜希らしからぬセリフが、つい口から出ていた。

「めったにない。構わんさ」

と、父は言った。

ハンドバッグ——それも、とびきり高いやつを、父があっさりと買ってくれてしまったのだ。亜希は、夢じゃないか、と、本当に頬《ほ》っぺたを自分でつねりたくなった。

「大事に使え」

と、父は、バッグをしまった手さげ袋を、亜希に渡して言った。

「うん」

「どこかでお茶でも飲もう。——母さんは？」

「何だか、用事だって。起きたら、もういなかった」

「そうか」

デパートの中の喫茶室へ入ると、父はコートを脱いで、わきの椅子へ丸めて置いた。

「私、ケーキとコーヒー。——ね、お父さん」

と、亜希は言った。「何かよっぽどいいことがあったの？」

「まあ……大したことじゃないけどな」

と言いながら、父の笑顔は明るかった。

「何よ？　若い女の子にでも誘惑された？」

「馬鹿言え」

と、父は笑って、「新しい事業部に移るんだ」

「へえ。またどこかに行くの？」

父はコーヒーを旨そうに飲んで、「コーヒーの味まで違って感じるな」

「いや、まだだ。今日、専務に言われたんだ」

「お母さんは知ってるの？」

ケーキが来て、食べながら、

と、亜希は言いわけした。

「そういうわけじゃないけど……。ピンと来ないのよ」

「何だか気のない言い方だな」

と、亜希は言った。「おめでとう」

「凄いじゃない」

「ああ。本社の重役ってわけじゃないが、一応、肩書は〈部長〉になる。部下も何十人かできるしな。——どうだ？」

「——責任者？」

亜希は、ちょっと面食らった。

「そこの責任者になってくれ、と言われたのさ」

と、亜希はからかってやった。

「分ってるんだ、自分がどんな顔してるか」

「だったら、こんなにニヤついてない」

と、言った。

「じゃ、お祝いしなきゃ」

「ああ。母さんがつかまったら、三人でどこかへ食事に出よう」

父の目は、別人のように輝いて見えた。

もちろん、亜希だって、嬉しくないわけじゃなかった。長い間、苦労の割に冷遇されて来た父の気持も、よく分る。「辞めたい」と言っていたくせに、とも思ったが、父のような年齢になって、全く新しい仕事に就くことは、容易ではない。

ただ……。父がこんなに喜ぶのが、少し意外だったのだ。

まあ、今は少し「舞い上って」いるのだろうし、その内落ちつけば……。

忙しくなって、家にろくに帰らない、なんて父親には、なってほしくなかったのだ。父は、いつも母のそばにいて、支えていてほしかったのだ。

でも、父の嬉しい気持に、水をさす気は毛頭なかった。

「──お前のおかげだ」

と、父が言ったので、亜希は少し戸惑った。

「私の？」

「ああ。専務がな、おとといの重役会で、話が出たと言ってた」

「私の話？　あの──首相との写真のこと？」

「そうだ。俺の娘だってことが分って……。ちょうど、新事業部発足に伴う人事の話だったそうだ。そこで名前が出て、いいんじゃないか、これまで少し報われなさすぎたんだ、と専務が言ってくれたと……。ま、これは本人がそう言ってるだけだ。本当のところは分らんがな」

亜希は、ゆっくりコーヒーを飲んだ。

「――そう」

「あの一枚の写真の効きめは大したもんだな、全く」

と、父は笑って首を振った。

やめてよ。――そんなに笑わないで。

喜ぶのは構わない。でも、私に感謝なんかしないでよ。それは、お父さんのこれまでの働きから、当然与えられていいものだったんだから。

私のおかげなんかじゃない。私のおかげじゃないんだ！

亜希は目を閉じた。

もし、亜希が大高のことを密告していなかったら、首相と会うこともなかった。そして、もしあのパーティに出ていても、首相が腕を組んだりはしなかったのだ。

私は友だちを裏切ったんだ。その代償が父の出世なのか？

「おい、どうかしたのか？」

と、父は心配そうに訊いた。

「別に」

亜希は、何とか表情を消して、「私、今夜どこでごちそうしてもらおうかな、って考えてたのよ」

と、言った。


「お父さん。――お父さん」

亜希は呼んで、「だめだ。眠ってる」

と、笑った。

「寝かしときましょ。少し道が混《こ》んでるから、時間がかかるわ」

と、母が言った。

レストランで、たらふく食べての帰り。タクシーの中である。

父は助手席に座ったとたん、居眠りを始めていた。

「いい気分だったみたいね、よっぽど」

と、亜希は言った。

「そうね。――お父さんみたいな人は、一番損だから」

と、母は肯いて、「良かったわ」

「あんまり忙しくなんないでほしい。土日も家にいないとか……」

「そんなこともないでしょ」

「だといいけど」

亜希は、外へ目をやった。――工事をやっていて、道が狭くなり、車が詰っている。

「お母さん」

と、亜希は言った。「今日、どこに行ってたの？」

「え？　ああ、ちょっとね、〈G5〉のオフィスに」

亜希の顔がこわばった。

「お母さん。やめるって言ったじゃないの」

「やめたわよ。そんなに怖い顔しないで」

と、母が苦笑した。「鍵を一つ、返すの忘れてたの。だから、それを返しに行ったのよ。そしたら、向うであなたの話が出てね」

「また？」

「そういやな顔しないで。あれこれ話してて、つい遅くなったの。でも、もう次の人がちゃんとやっててくれるし。お母さんは何もやらないわ」

亜希は少しホッとした。

母のバッグの中で、急にピーッ、ピーッと音がした。

「びっくりした！」

母はバッグを開けて、「何かしら、一体？」

と、ポケットベルを止めた。

「それは返さなかったの？」

「え？　このベル？　ええ。だって持ってろって言うから……。電話を借ります」

「どうぞ」

と、運転手が言った。

車の電話で、母が〈G5〉の本部へかけるのを、亜希は重苦しい気持で見ていた。

――本当に、母は〈G5〉から離れたのだろうか？

それなら、なぜ、ポケットベルを持って歩いているのか。

「――あ、宮原です。――え？――ええ、いるわ。――分りました」

母が、複雑な表情になって、受話器を亜希の方へ、差し出した。

「私？」

「ええ。――永沢さんよ」

亜希は、受話器を受け取った。

「もしもし、亜希です」

「やあ。心配したよ」

と、永沢が言った。

「何のことですか」

「日比野見帆だ」

思いもかけない名前だった。

「見帆が――」

「戻った」

亜希の頭の中をその言葉が駆け巡った。戻った。見帆が戻ったのだ。

「だって、アメリカへ――」

「向うで監視の目をくらまして、日本へ舞い戻ったのさ」

「いつですか」

「昨日、入国している。すぐに消息を絶ってるがね」

「というと……」

「地下へ潜った、ということだ」

と、永沢は言った。

亜希は、昼間の無言の電話を思い出していた。

あれは、見帆だったのだ。

26　再会

「もう行かなきゃ」

と、久美が腕時計を見て言った。「ね、亜希、行かないの？」

「まだ食べ終ってないもん」

と、亜希は答えておいて、「あの教授、嫌いなの。久美、ノート見せてよ、後で」

「うん」

久美は、椅子をガタつかせて立ち上った。「今夜、電話するね」

「はいはい」

亜希は、ちょっと手を振ってやった。

午後の講義の始まる時間になると、さすがに、学生食堂は空《す》いて来る。——亜希は、やっと落ちついて食べられるのだった。

ほとんど付合いもない学生から、話しかけられたりするのにも、もううんざりだった。

確かに、首相との一枚の写真は、大学の中で、亜希を「有名人」にし、目立つ存在に変えた。しかし、亜希が多少とも虚栄心をくすぐられて、いい気持になっていたことがあるとしても、それはほんのわずかの間で、今はもう、早く忘れてしまいたかったのだ。

今の亜希には、もっと気にかかることがいくつもあった。

亜希と首相の写真の一件以来、母はまた〈G5〉の運動に係わり合っている。一応、引退したことになっているので、表面に出て動いてはいないが、時々出かけては、夜遅く帰ることがあった。

亜希が快く思っていないことを知っているので、あれこれ別の口実をつけてはいるが、亜希には分っていた。

父は父で、新しいポストを得て、やけに張り切っている。

帰宅はいつも夜中、それでも、父はまるで五、六歳も若返ったように、活き活きとしている。

そのこと自体は、少しも悪いことではないと思うのだが——しかし、正直なところ、亜希はやはり失望していた。父には違う価値観がある、と思っていたのだ。世の、平凡なサラリーマンたちとは違った生き方を、信じているのだと思っていた。

それが——帰宅してから、母や亜希に向って、嬉々《きき》として仕事の成果を自慢してみせたりする父を見ていると、亜希の中で、少しずつ「父」の影が薄くなって行くのだった……。

だから、もうそれほど出なくてはならない講義がないのに、亜希は毎日大学へ来ては、「時間を潰して」いた。

そして、もちろん……もう一つ、心配の種がある。見帆のことだ。

見帆の行方は知れていない、ということだった。永沢や久保田は、そのせいかこのところ亜希の前に顔を出さない。

——こうして、一人でいると、ふと大高のことを思い出す。

まだ、ほんの数か月前のことでしかないのに、まるで遠い過去のような気さえする。

——苦い痛みを伴ってはいるが、しかしそれはやはり甘美な香りを漂わせた思い出ではあった……。

「——宮原さん」

と、食堂の女性が呼ぶのが聞こえた。

「はい」

亜希が立ち上ると、

「お電話よ」

と、受話器を耳に当てるまねをする。

「そこ？——どうも」

亜希は、テーブルの間を縫って、電話のあるカウンターの方へと歩いて行った。

「女の人よ。名前、聞かなかったけど」

「どうも。——もしもし」

亜希は、受話器を取って、当惑した。「――もしもし?」

ツー、ツー、という信号音になっている。切れているのだ。

「切れちゃったみたい」

「あら、変ね。そんなに待たせたわけでもないのに」

「家からかも。かけてみていいかしら」

「ええ、構わないわ」

亜希は、その電話から、家にかけてみた。

「――あ、お母さん? 今、大学に電話した?」

「いいえ。かけないわよ」

と、母が言った。

「ふーん。じゃ、いいの」

「ね、待って。あのね、これから出かけるの。少し遅くなるかもしれないわ」

「どこに行くの?」

「和実の所」

「叔母さん?」

一宮和実のことだ。亜希には意外だった。母の口から、叔母のことなど聞いたことがない。

「ちょっと具合が悪いらしいの。入院したっていうから、会って来るのよ」

母の言い方には、わざとらしい素気なさが感じられた。亜希は、それ以上訊かなかったが、もしかすると、よほど悪いのかもしれない、と思った。

「どうも」

と、一言声をかけてから、亜希は席に戻った。

電話をかけて来たのは、誰なんだろう？——亜希は、ちょっと肩をすくめた。

もう、ほとんど食事は終っている。コーヒーでも買って来ようか、と思って……盆の上に、折りたたんだ紙が置かれてあるのに気付いた。

何だろう？　亜希はその紙を広げて、息が止るほど驚いた。

この字！——見帆の字だ！

〈サッカー部の部室に〉

と、一行だけ。

亜希は立ち上った。そのメモは細かく裂いて、屑《くず》かごへ捨てる。盆を返すのももどかしく、食堂を出る。

サッカー部の古い部室が見えて来ると、亜希は少し足取りを緩めた。

用心しなくてはいけない、と自分に言い聞かせたのである。見帆は命をかけているのだ。

自分の不注意で、見帆が逮捕されることにでもなれば……。

足を止め、尾《つ》けられていないか、確かめる。——息を弾ませ、心臓が目立つほどの音をたてている。風が強くなった。春の風だ。

しばらく様子をうかがってから、亜希は、大丈夫と確信した。

以前、見帆が大学へ抗議するためのビラ作りをしていた、古い木造の建物。——よく、残っているものだ。取り壊すのも面倒なのだろう。

ドアは開いていた。——亜希は中をそっと覗き込んだ。

「私よ」

と、声を出してみる。

見帆の名は呼ばない方がいい、と思ったのだ。中は、もうずいぶん使っていないのだろう、空気も淀んで、雑然と並べられた机や椅子には、埃《ほこり》が積って白くなっていた。

まだ来ていないのだろうか？　それとも何かのいたずらで……。

いや、あれは確かに見帆の字である。

ギッ、と床を踏む音がして、亜希は振り返った。

「——やあ」

と、見帆は言った。

亜希は、見帆に会いに来たくせに、何だかそこに本物の（？）見帆がいることが信じられなくて、しばらく言葉が出なかった。

「どうしたの？」

と、見帆が言った。「見違えるように逞しくなったでしょ」

見帆は、少しも変らなかった。——以前と同じ、はにかむような笑顔を見せている。

「お帰り」

と、亜希は、他に言いようがなくて、言った。

見帆が歩み寄って来て、両手を差し出す。亜希は、しっかりと、見帆の小さな手を握りしめた。

「大丈夫なの、見帆？　こんな所に来て」

と、亜希は涙が出かけるのを、何とかこらえて言った。

「ちゃんと考えてるわ。メガネかけて、ヘアピースつけてね」

見帆は、バッグを軽く叩いて見せた。「若い女の子がいくらもいるし、却《かえ》って目立たないわよ」

「気を付けてよ。でも——良かった、会えて」

「聞いてたんでしょ、私が戻ってること」

「ええ。例の永沢って刑事から」

「地下に潜ったって、大したことはできないけどね」

と、見帆は何となく歩き回りながら、言った。

「見帆……。私にできることがあったら、言って」

亜希は心からそう言ったのである。見帆がこうして会いに来てくれたのが、飛びはねたいくらい、嬉しかったのだ。

「亜希には迷惑かけられないわ」

と、見帆は首を振った。「――写真、見たわ」

亜希は、ちょっと目を伏せて、

「成り行きだったの。親しいなんて、でたらめよ」

と、強い口調で言った。

「うん。――分ってる」

見帆がそう言ってくれたので、亜希は少しホッとした。しかし……それきり、二人は黙り込んでしまった。

もちろん、亜希の方から訊きたいことはいくらもある。どこにいるのか、何をしているのか。家へは連絡を取ったのか……。

そのどれもが、「訊いてはならないこと」だった。見帆だって、教えはしないはずだ。

こんなに、会って嬉しいのに、なぜ気詰りなまま、黙りこくっているのだろう。どうして？

「――亜希」

と、見帆が言った。

見帆の目が、真直《まっす》ぐに亜希を見ている。

厳しい目だった。さっきまでの、どことなく曖昧な視線とは全く違っている。

「見帆……」

見帆は何か言おうとしていた。しかし――その言葉は、出かかったところで、凍りついてしまったかのようで、見帆は、キュッと唇をしめてしまった。

二人は、なおしばらく、黙って向い合ったまま、立っていた。

風で、ドアがキイキイと鳴った。

「――お見合いみたいね」

と、見帆が言って、笑った。「じゃ、亜希――元気でね」

「待ってよ」

「会えて良かったわ」

見帆はドアの所まで行って振り返ると、「少し間を置いてから、出てね」

と言うと、足早に立ち去ってしまった。

見帆……。

亜希は、充分に間を置いて、外へ出た。風が吹きつけて来て、思わず目を細くする。

もう、見帆の姿はどこにもなかった。

亜希は、ゆっくりと歩き出した。——大学にいるのも、気が重い。ともかく、人ごみにでも紛れ込みたい、と思った。

見帆。——何を言いかけていたの？

亜希は、心の中で、そう問いかけた。

そのままキャンパスを出て、通りを歩いて行くと、サイレンが聞こえて来て、足を止めた。どんどん近付いて来る。——見帆が追われているのだろうか。

見たことのある車が、亜希の方へ寄って来て、タイヤをきしませながら停った。

「——あなただったの」

亜希は、車から出て来た男を見て、言った。永沢の部下、久保田である。

「良かった！　無事だったね」

と、久保田が言った。

「私が？——何の話？」

「会ったかい？」

「誰と」

「日比野見帆さ」

そう言われることは察していた。

「まさか」

と、肩をすくめて見せる。「見帆がどうして私なんかに会いに来るの？　首相と仲良しの女子大生なんかに」

冗談めかして言ってやったが、久保田は笑わなかった。

「ともかく、乗ってくれ」

と、促す。

亜希は、ちょっとためらったが、通行人や、同じ大学の学生たちが珍しげにこっちを眺めているのを見て、仕方なく、久保田の車に乗り込んだ。

「――どこへドライブ？」

と、車が走り出すと、言った。

「君が狙われてる、って情報が入っていたんだ。あわてて駆けつけたんだよ」

久保田の言葉に、亜希は唖然とした。

「誰が私のことなんか――」

「日比野見帆だ」

亜希は、ショックで青ざめた。

狙われている、と言われたことのショックではなく、その言葉から当然推察されるように、見帆は、「誰が裏切ったか」知っているのだと分ったからである。

あの見帆の視線の意味が、突然明らかになったからでもある……。

「君が、大高の居場所を知らせてくれたことを、日比野見帆は知ってるんだ」

「なぜ分ったの？」

じっと前方を見つめたまま、亜希は訊いた。

「――警察の中にも、連中の仲間がいるらしい。はっきりしたところは分らないんだがね」

と、久保田は少し言いにくそうに言った。

「内部の恥」をしゃべりたくない、と思ったのだろう。

「しかしね」

と、久保田は続けて、「連中の中にも、こっちはスパイを潜り込ませてるんだ。日比野見帆が君を狙ってるらしい、って情報も、そこから飛び込んで来たんだよ」

狙ってる？――私を殺すつもりだったんだろうか。

見帆……。でも、殺されても、文句は言えない。

亜希は目を閉じた。――結局、見帆は何もせずに帰って行ったのだ。

車の無線が久保田を呼び出していた。

「――久保田です」

「永沢だ。彼女は？」

「無事です。今、ここに」

「そうか。――代ってくれ」

亜希はマイクを受け取った。

「心配してくれたの？」

と、言うと、

「君はＶＩＰ扱いだからな」

と、永沢が苦笑している声で、「ともかく何もなくて良かったよ」

「自分のことは自分で心配するわ。大学の前にサイレン鳴らして乗りつける、なんてことは、二度としないで」

「分ったよ」

と、永沢は大して気にもしていない様子。「首相から、お誘いはないかい」

「こっちにも、選ぶ権利はあるわ」

と、亜希は言ってやった。

27　通夜

家まで送った久保田は、

「あんまり外出しないでくれよ」

と、玄関までついて来て、言った。

「女子大生に外出するなって？　無茶言わないで」

亜希は、鍵をあけ、中へ入ると、「ご苦労様」

と、久保田に言ってドアを閉めた。

居間へ入って、一人になると、亜希はやっと体の重くなるような疲労を感じた。

大高を密告したのが亜希だということ——その理由までは、知るまいが——を、見帆に知られた。やり切れない思いだった。

見帆は、本当に私を殺しに来たのかしら？　亜希が考え込んでいると、電話が鳴り出した。——母からだった。

「今、帰ったのよ」

と、亜希は言った。「叔母さん、どう？」

「すぐ出られる？」

　と、母が訊いて来た。

「今？」

「今夜、お通夜だって」

　亜希は、しばし立ち尽くしていた。

「——聞いてる？」

　と、母が言った。

「聞いてるよ」

「黒のワンピース、あるでしょ。夜になってからでいいから。すぐ来ても、まだ仕度がすんでないわ」

「いつ、亡くなったの？」

「着いたら、もう危くって……。五分とたってなかったわね」

　母の口調は、事務的で、妹を亡くしたという悲しみは、どこにもなかった。

「一宮さんとか、公市君は？」

「いるわよ。ぼんやりしてて、どうしていいか分らないみたい」

　それが当然でしょう。それが人間ってものだわ。

「一宮さんの家へ行けばいいのね」

「車でいらっしゃい。遠いからね。何か食べて来た方がいいと思うわ」

母の温かい言葉に、亜希は身震いした。

「お父さん、知ってるの？」

「まだ、連絡してないわ。亜希、電話しておいてくれる？」

「うん」

「じゃあね。お母さん、ちょっと大切な用事があるから」

電話は切れてしまった。

亜希は、母が〈G5〉の幹部だったころ、あの叔母をここで叱りつけていたことを、思い出していた。

あの時、母を「怖い」と思ったものだったけれど……。今の母はどうだろう？

いくら大人になっているとはいえ、妹の死に、あれほど冷淡になれるものか。――亜希は、重苦しい気持で、父の会社へと、電話を入れた……。

一宮家の周囲は、前に来た時とすっかり様子が変ってしまっていて、タクシーは大分ぐるぐると同じ道を回ってしまった。

ちょうど、焼香しての帰りらしい人を見付けて、道を訊き、前にはなかった一方通行の奥だと分った。

タクシーを降りて、歩いて行くと、風はまだずいぶん冷たかった。

見憶えのある一宮の家の玄関辺りが、ポカッと明るくなっている他は、住宅地でもあって、薄暗い。

受付に座っているのは、近所の人らしく、亜希には全く見憶えがなかった。

記名して、入ろうとすると、

「ああ」

と、受付をしていた中年の男が言った。「首相と仲のいいお嬢さんですね。見ましたよ、写真」

馬鹿げたお世辞（のつもりなのだろう）に、振り向く気にもなれず、聞こえないふりをして、亜希は上り込んだ。

方角の関係か、棺は、居間でなく、手狭なダイニングの方に安置されていた。

「――亜希ちゃんか」

と、声がして、振り向くと、当の一宮公男が立っている。

「叔父さん……」

「いや、座ってると冷えてね。トイレにばっかり行っちまう。――そっちへ座った方がいいよ。少しは風が来ないから。ま、お焼香してやってくれ」

「ええ」

亜希は肯いた。「残念ですね」

「うん。――そうだね」

「あんなに若かったのに」

「このところ、老けたよ」

と、一宮は言って、「僕の方もね」

と、頭に手をやった。

確かに、めっきり白いものが目立つようになっている。

「叔母さん、そんなに悪いなんて、知らなくて。すみません」

「いや、とんでもない。遠くから来てもらっただけでも……」

亜希は、並んだ座布団《ざぶとん》と、ポツポツと座った人を数えた。十人に満たない。もちろん、誰しも、ずっとここにいるわけにはいかないだろうが。

「公市君は――」

「うん。いるよ。もうすぐ卒業だからね。いや、何とか卒業までこぎつけたって感じだけど」

「じゃ、ご焼香させていただきます」

叔母の遺影は、いい写真だった。人なつこい笑顔は、いくつになっても少女のようにはにかんでいた。

焼香している間に、一宮と公市が、わきに座った。

公市は、病み上りのように青白い顔で、じっと母親の写真を見つめている。

「——公市君」

と、亜希は向きを変えて、「大変だったわね」

公市が、顔をそむけた。はっきりと、顔を引きつらせている。

「公市、何だ、その態度は」

と、一宮が低い声で言った。「せっかく亜希ちゃんが来てくれてるのに」

「来てほしくなんかないや」

と、公市が震える声で言った。「帰ってよ」

亜希は戸惑った。

「公市。何を言うんだ」

公市が、キュッと唇を固く結んで、亜希を見ようとせず、正面をにらみつける。

亜希は、ちょっと頭を下げ、立ち上った。

——動揺していたのだ。

外へ出てから、帰るわけにもいかないのだと思い付いた。父と母が来るのを待っていなくては。しかし、中へ戻れるだろうか？

「——亜希ちゃん」

一宮が、追うように出て来た。「すまん」

「叔父さん……」

「実は――」

と、言いかけて、一宮は、受付の方を気にすると、「こっちへ」

と、亜希を促した……。

「じゃ、叔母さん、過労で？」

「もともと弱かったからね」

と、一宮が肯いた。「僕のせいなんだよ」

「どういうこと？」

街灯の下で、一宮の顔はかげになっていた。黒いマスクをつけたように。

「署名だ。――君のお母さんから、家内が預かって来た」

「――憶えてるわ」

「公安条例推進のための、賛同者の署名を集めてくれって……。僕には辛いことだった。僕はそういう点、反対の立場でやって来た人間だからね」

「知ってるわ」

「家内も、それが分っていたから、言いにくかったようだ。僕は、公市のことで、世話にはなったが、そこまで自分をごまかすことはできない、と思って、君のお父さんにも相談した」

「父から聞いたわ」

「しかし、家内が、その内、『あの件、姉さんに話したから、もういいのよ』と言い出したんだ。ちょっとびっくりしたが、姉妹《きょうだい》だしね、何と言っても。分ってくれたんだな、と思って、もう忘れかけていた」

一宮は、深く息をついた。「ところが——家内は自分で、知人や友だちの家を訪ね歩いて、何とか署名を集めようとしていたんだ」

「まあ」

「冬の寒い時に、しかも僕に気付かれないように、朝の内出かけて、夕方には必ず帰っていた。ずいぶん遠くまで、昔の学校友だちとか、訪ねて回ったんだよ」

「そんなことを……」

「こっちは何も知らなくてね。——一か月ほど前、家内は出先で倒れた。ここから片道二時間もかかる所だ。びっくりして駆けつけると、あの署名を持って歩いていてね。初めて事情を知ったのさ」

「それが原因で?」

「風邪で熱があったのを、無理して出かけていたんだ。こじらせて肺炎になった。——それだけなら、こんなことにまでならなかったろうがね。ともかく、疲れ切っていたんだ」

亜希は、言葉が見付からなかった。——母は〈G5〉をやめていたのだ。そんな署名など、放っておいても構わなかったはずなのに……。

息子のため、夫のため。——叔母は、追い立てられるように、駆け回ったのに違いない。

「一時は良くなりかけてたんだが、この一週間で、急に心臓の発作をくり返してね。結局……」

一宮の声は絶え入るように消えた。

「お母さんが殺したのね」

と、亜希は言った。「自分の妹を」

「公市にとっては、そう思えるんだ。だから、あんなことを……。君のせいじゃない。気にしないでくれ」

亜希は、顔を上げた。

一宮が、亜希の肩に手を置いた。

「——お母さんだわ」

母が、急ぎ足で、一宮家の中へ入って行くのが見えた。父も、その後からやって来る。

「行こう。お父さんに挨拶しなきゃな」

一宮が大股に歩いて行く。

亜希は、重い足取りで、その後について行った。

公市の怒りは当然だ。憎まれ、恨まれることが、むしろ快かった。——しかし、本当に憎まれるべき人は、おそらく何も感じないだろう。

やっと、玄関の所までやって来ると、

「じゃあ、明日、またね」

と、母が一宮に言っているのが聞こえた。

「僕は、午後から出張なんだ」

と、父が言った。「すまんね。大切な仕事で、どうしても行かなきゃならんので」

「いいんですよ」

と、一宮が言った。「わざわざ来てもらって」

「——あら、亜希。どこにいたの？　もう、お焼香した？」

「うん」

「じゃ、失礼しましょ、明日、告別式に来るから。今夜は帰って」

「私、残るわ」

と、亜希は言った。「二人で帰って」

「でも——」

母は当惑顔で、「ここに、ずっと？」

「お母さんの妹でしょ。私、お母さんの分まで、泣いてあげたい」

亜希の視線に、非難の気持を見てとったらしい。母は肩をすくめて、

「好きにしなさい」

と、言うと、「あなた。タクシーをここへ呼んで」

「ああ」

父が急いで駆けて行く。

亜希は、一人で上り込むと、相変らず身じろぎもせずに座っている公市の前まで行って、座った。

「公市君。——ごめんね」

亜希は、深々と頭を下げた。

母への怒りと、情なさと、惨めさとが一気に押し寄せて来て、亜希の目から涙が溢れて、自分の手の甲にパタパタと落ちた。

だが——もう叔母は戻って来ないのだ。

私は大高さんを殺し、母は叔母さんを殺した。

殺した。——殺した。

亜希は、心の中で、何度もそう言い続けていた。

28 誤り

「亜希」

母の声がすると、亜希はわざと毛布を頭までかぶって、寝ているふりをした。

いや、正確には、「寝ているふり」のふりをした、と言うべきかもしれない。本当に寝入っているのではない、と母に分るよう、わざと大げさに毛布をかぶってしまうのである。

母がちょっとドアを開けると、

「出かけて来るわ。夕ご飯には帰るから」

と、言った。「冷蔵庫に、お昼のものは入れてあるからね」

亜希は答えない。母は諦めた様子で、ドアを閉めた。毛布から顔を出し、亜希は、玄関のドアの開く音、そして母が出て行き、ドアを閉めて鍵をかける音を聞いている。

一人になったのだ。やっと。

これから起き出して一階に下りて行くまで、三十分はかかる。別に急ぐ必要もないとすれば、それで構わないのである。

しかし、今日は、母が出かけて行って十分ほどすると、階下で電話が鳴り出した。もちろん放っておいていいのだが、割合にしつこく鳴り続け、やがて止った。

誰だろう？——亜希は、ゆっくりベッドに起き上った。もし急用なら、またかけて来るだろうけど。

ベッドから出て、カーテンを開けると、もうずいぶん高い日射しが目にまぶしい。

また電話が鳴った。

さすがに少し気になって、部屋を出ると、階段を下りて行く。しかし、出る前に、鳴り止《や》んでしまった。

居間のテーブルに朝刊がのっていて、亜希は、それをめくってみることにした。またかかって来るかもしれない。

——叔母、一宮和実の葬儀から、一か月ほどたっていた。

このところ、亜希は大学へあまり行かなくなっている。朝、普通に起きて、母と顔を合わせるのが辛いのだ。夜も、一緒に食事をとるのがいやで、夕方から出かけて、わざと遅い時間に帰って来る。

外で食事をすませるか、家で食べるにしても、一人で食べたいのである。

父も母も、そんな亜希の様子に気付いていないわけはない。特に母は、自分の押し付けた署名集めで無理したことが叔母の倒れた原因だと知っているし、そのことで亜希が母を許そうとしていないことも、察していた。

だから、無理に話そうとはしない。亜希にとっても、ありがたかった。

むしろ、亜希にとって寂しかったのは、父が何も声をかけてくれなかったことだ。少なくとも父は、自分の気持を分ってくれていると思っていたのに。何となく、亜希と話すことを避けてさえいる。

考えすぎだろうか？　いや、そうじゃない。父は、「会社人間」であることの充実感に（それがにせものであっても）目覚めて、今は夢中なのだ。――寂しかったが、父もまた、今では亜希の心を打ちあけられる人ではなくなっていた……。

上に行って、顔でも洗おうか、と立ち上った時、電話がまた鳴り出した。あまり楽しい電話ではないかもしれない、と思いながら、受話器を上げる。

「――もしもし」

と、男の声がした。「宮原さんかな」

亜希は、一瞬ためらった。声で分ったからだ。返事をしないわけにはいかない。

「そうです」

と、少しまだよく通らない声で言った。

「君か。私だ」

「分ります」

「車の中からでね。何しろ時間がないものだから。君、来週の日曜日に、時間をとってくれんかね」

「何かご用ですか」

「〈N博覧会〉のオープニングだ。知っているだろう?」

「ええ」

「興味ないかね」

「あんまり……。混雑してる所は好きじゃないんです」

首相は、ちょっと笑って、

「私と一緒にいれば、混雑はないよ」

それは確かだろう。

「何をするんですか」

「私はもちろん、お決りのテープカットと演説さ。秘書の書いたのを読むだけだ」

「私も何かやるんですか」

「華やかでないとね。私とSPだけでは、まるでヤクザの葬式みたいになってしまう」

首相の言葉に、亜希はつい笑ってしまった。

首相のしゃべり方や、態度には、細かいことにこだわらない大らかなところが確かにあって、もちろん、悪どいことでは何枚もこっちが上なのだろうが、たとえば永沢などと比べると、卑屈でないのが救いになっている。

「早くて悪いが十時からなんだ」

「夜の？」

わざと訊いてやると、首相は笑った。楽しそうだ。

「朝八時ごろ、迎えをやる。仕度も、会場までの手配も、全部こちらでやるから、心配しなくていい」

「ただ、そばにいればいいんですか」

「一応、会場内を見て歩く。それに付合ってくれ。十二時前には出るから」

「お弁当ぐらい出して下さいね」

と、亜希が冗談で言うと、少し間が空いた。

少し雑音が入ったので、感度が悪いのかな、と思っていると、思いがけずはっきりした声で、

「昼は君とどこかで食べようかと思っているんだがね」

「え？」

亜希は当惑した。

「今のところは時間が空いてるんだ。もし良かったら、君も空けておいてくれ。——うん？　何だ？」

そばの誰かに訊いている。亜希は黙っていた。

「――それじゃ、朝の八時に車をやるからね。頼むよ」

と言って、首相からの電話は切れてしまった。

亜希は、受話器を置いて二階へ上った。

着替えをし、顔を洗う間、何も考えないことにした。――思い出すのが、怖かった。

首相の、さり気ない言葉は、はっきりと、亜希を「女として」誘っていたからである。

鏡の中の自分に、亜希は見入った。そして、自分が首相の愛人になって、豪勢な暮しをし、毛皮をまとって宝石に包まれているところを想像して、笑い出した。

「亜希！」

と、手を振って飛んで来たのは、もちろん久美である。

午後から、ふと気が向いて大学へやって来たのだ。

しかし、来てみると今度は講義を聞くのが面倒になり、連絡板の辺りをぶらついているところだった。

「どうしたの？　ちっとも来ないから」

と、久美が亜希の腕につかまる。

時には、そのなれなれしさが煩《わずらわ》しいが、今は自分でも意外なほど、快い気分だった。

「退屈でね」

と、亜希は肩をすくめた。「午後の講義は？」

「あんまりつまらなくて、出て来ちゃった」

と、久美は口を尖らしながら言った。「本気で聞こうと思うと、面白くないわね、今の先生たちって」

久美のように、本来あまり真面目でなかった学生は、却《かえ》って幻を抱いていないから、正直かもしれない。

確かに、大学は死んでいる。――亜希は久しぶりにやって来て、肌に感じた。

呼吸が感じられない。自由の喜びとか、開放されている空間とか……。

大学が大学であるためのものが、今はすべて失われてしまった。

企業の資金で研究をするのが当り前になり、その点で理工系が幅をきかせて、文科系は単なる卒業証書の発行機となってしまった……。

学問の自由、独創性豊かな発表、表現。

そんなものはどれも時代遅れで、今の大学は企業のための研修所と化してしまっているのだ。

「――ね、亜希」

と、久美が言った。

「何？」

「私、明日デートなの」

「へえ」

亜希は、ちょっと呆《あき》れて、「男なんて二度といやとか言ってたくせして！」

と、からかってやる。

「あんな奴とは違うの。凄く真面目な人なの。大学の助手でね。ここじゃなくて、M大のドイツ文学」

「そりゃ、ミイラみたいな人ね、きっと」

「会ってから言ってよ」

と、久美は不服そうだ。

「会ってから、って？」

「亜希に会ってほしくて。今日、外で待ってるの。——だから、もし来なかったら、家へ押しかけようと思ってたのよ」

「どうして私に？」

「だって、見てほしいんだもの」

久美はすっかり亜希に頼り切ってしまっている。ともかく、誰かに頼らないと、やっていけない子なのだ。

「向うが会いたがったの？　私のこと、知ってて」

「全然。——新聞とか、さっぱり見ない人なの」

「気に入った」

と、亜希は笑って言った。「——どこにいるの？」

「喫茶店。——これから、いい？」

「付合うわ。しょうがないじゃない」

と、わざと言ってやった。

二人は、キャンパスの芝生を、正門へと歩いて行った。

「いい男だったら、私が譲ってもらおうかしら」

「見た目は今いちよ」

と、久美は楽しげに言った。

「じゃ、好みじゃないや」

正門を出る。二人は、並木道を歩き出していた。

車が一台、二人を追いかける格好で走って来ると、スピードを落として、歩道へと寄せて来た。

「結局、今日は私、何しに来たのかね」

と、亜希が少しおどけて言った。

「いいじゃない。大いに有意義な一日になって」

「久美にとっては、でしょ」

「友人のために、時間を使うのはいいことじゃない？　聖書にだって――」

パン、と何かが破裂したような音がした。

「アッ！」

と、声を上げたのは久美だった。

抱えていた教科書が落ちる。左の肩に、血が広がっていた。亜希は、久美をあわてて抱き止めた。

「久美！」

「亜希……。腕が……痛い……」

久美がうずくまってしまう。亜希はハッと顔を上げた。

撃たれたのだ！　一台の小型車が走り去るのを、亜希は見た。

「助けて……亜希」

久美が泣きながら言った。

「待って。――すぐ救急車を呼ぶから。待っててね！」

亜希は、正門の傍の守衛室へと駆け戻って行く。その方が早い、と思ったのだ。

すぐに救急車の手配をして、制服の守衛は亜希と一緒に、久美の許《もと》へと駆けつけた。

「――こりゃひどい」

と、初老の守衛は顔をしかめた。「出血を止めないと。撃たれたって？　一体、どうして……」

その時、初めて亜希は気付いたのだ。

当然だ。狙われたのは自分で、久美ではない。

久美は間違って撃たれたのだ。

やはり、やって来た。

顔を合わせたくなかったが、そうもいくまい。

「大変だったね」

永沢だ。久保田も後からついて来ている。

「――私のこと、見張ってなかったの？」

と、亜希はわざと訊いてやった。

病院の廊下である。久美は、緊急手術の最中だった。

「VIPは少なくないんだ」

と、永沢は手を振って、「しかし、君には悪いことをした」

「久美に言って」

と、亜希は目を伏せた。「お医者さんの話じゃ……肩の骨が砕けてるって」

「気の毒に」

「出血がひどかったんで、五分五分だって言われたわ。——祈るだけ」

「これからは目を離さないよ」

と、久保田が言った。

「しかし、君の友だちも、ひどいことをしたもんだな」

永沢の言葉に、亜希はややキッとなって、

「見帆のことは言わないで」

と、強い口調で言った。「間違いよ。私が標的だったはずだわ」

「もっと悪いじゃないか」

「いいえ」

と、亜希は言った。

「いいえ、って？」

「私は撃たれても当然。ただ、久美に気の毒だったわ」

亜希の言葉に、永沢たちは少し戸惑った様子だった。

「そうそう。〈N博〉に首相と同行するんだって？」

「知ってるの」

「もちろんさ。厳戒態勢にするからね」

亜希は答えなかった。

今、気になっているのは、手術室の中の久美のことだけだった。

母は実の妹を殺したが、私は？　大高と、そして久美と……。

お願い。助かって！——亜希はただ、祈っていた……。

29　華やかな日

「うん。——そうよ。もう少ししてから帰るわ。それじゃ」

母がまだ何か言いかけたのを無視して、亜希は電話を切った。

病院の中は、静かだった。——夜、十一時を少し回っている。

永沢も引き上げて、久保田が残っているだけだった。

久美は、何とか命を取り止め、亜希は救われた思いがした。しかし、助かったからといって、さっさと帰る気にはなれなかったのだ。

もちろん残っていても、久美は麻酔で眠っているので、話はできない。分ってはいるが、もう少しここにいたかった。

「帰るなら、車で送るよ」

と、久保田が言った。

「あと三十分もしたらね」

「分った」

久保田は肯いて、「ちょっと連絡することがあるんでね。――君、ここにいる?」

「ええ」

「すぐ戻る」

久保田は、急いで歩いて行った。

亜希は、今になって、ふと恐怖を覚えていた。銃弾の一発が、肩の骨を砕き、一方の手を、ほとんどきかなくさせてしまう。

もちろん、そこには憎しみとか、怒りとか、色々な原因があるのだが、それの正当か否《いな》かは別として、現実に、焼けた弾丸が肉体を貫いて行く、その苦痛を考えると、やはり平静ではいられなかった。

ソファのある場所へ行って、腰をおろそうとして――。薄暗い階段の所に、見帆が立っているのが見えた。

階段を下りて行く。亜希は、久保田が戻って来ないのを確かめて、急いで見帆を追って行った。

――待合室は、暗く、人影もない。

「――見帆」

と、呼ぶと、黒い人影が静かに寄って来た。「危いよ！　公安の刑事がいるのよ」

「分ってるけど、じっとしていられなかったの」

と、見帆は言った。「久美の具合は？」

「何とか命はね。でも左手が不自由になるみたい」

見帆は、深々と息をついて、両手で顔を覆《おお》った。

「見帆……」

「知らなかったのよ。言いわけになるけど……。本当に知らなかったの。仲間の一人が勝手にやってしまったのよ」

「私を――狙ってたんでしょ、もちろん？」

見帆は、亜希を見た。

「亜希。――嘘だと言って」

大高を売ったことを言っているのだ、とすぐに分った。

どう答えるべきだろう？　しかし、ともかく、やったことを知らないとは言えない。

「嘘じゃないわ」

と、亜希は言った。「ごめん、見帆。私がいけないのよ」

「本当に……」

見帆は、ショックだったようだ。「どうして？　あんなに必死で助けてくれてたのに……」

亜希には言えなかった。なぜ、自分が密告したのか。

「話を聞いた時、信じなかった」

と、見帆は言った。「笑っちゃったくらいよ。逃走中で、笑うどころじゃなかったのにね」

「でもね、見帆――」

と、言いかけて、ハッとした。

誰か来る！――久保田だ、と直感した。

「行って、見帆」

と、低い声で、「刑事が来るわ」

「亜希――」

「〈N博〉の初日に、私も行くわ」

「え？」

「首相がエスコートしたい、って言ってるのよ」

「〈N博〉に？」

「そう。――早く行って！」

見帆が立ち去って、ほんの数秒後、久保田がやって来るのが見えた。

「――ここにいたのか。心配したよ」

と、少し腹を立てているらしい。

「心配させたかったのよ」

亜希は、わざと少しなれなれしく久保田の腕をとった。「家まで送って」

――久保田の車の中で、亜希はまどろんでいた。

夢を見た。

珍しく、「夢」というのに、ふさわしい夢だったが……。

見帆と大高が腕を組んで歩いている。そして、亜希は二人の後から、忠実な愛犬のように、じゃれついて、ついて行くのだ。

華やかなカーニバルの中、三人は、決して離れ離れになることのない「家族」のように見えた。

入り乱れる音楽と、夜空を彩《いろど》る花火の乱舞。花火が空に散る度に、様々な色で、三人の顔は染るのだった。

どうして、こんな日が来てはいけないの？

亜希は、誰に向ってかは分らないが、ともかく問いかけようとしていた。いや、問い続けていた。

花火が、また夜空に炸裂《さくれつ》する。ドン、ドン、と、腹に応《こた》えるほどの響きが、本当に聞こえているような気がした……。

花火の音で、ハッと亜希は目を覚ました。

もう会場が近いのだ。

眠っちゃったんだわ。——当然のことだ、朝の八時に迎えの車なんて！

乗り心地は極めていいので、〈N博〉の会場へ向う車で、亜希は居眠りしていたのである。

車の電話が鳴り、運転手が取った。

「——お待ち下さい。——お電話です」

「私に？」

目が覚めると、明るい日射しがまぶしいくらいだ。そして、今日のために用意されたこの服も、派手すぎて見える。

「もしもし」

「やあ、朝早く悪いね」

と、首相は言った。

「もう、会場ですか」

「とんでもない。これからそっちへ向うところさ。十分遅れかな」

「分りました」

「人は出ているかな」

沿道は、会場へ向う人々の流れが、途切れていない。

「かなり出てます」

「君の身辺の警備については、指示を出しておいたよ」

「どうも」

「それと――」

と、少し声の調子が変る。「昼の時間は、とれそうかね」

「私は……。でも、そちらはお忙しいんでしょ」

「何とかしたよ、じゃ、構わないね」

少しためらう。しかし、今となっては拒むことができない。

「お付合いします」

と、亜希はいい加減な答えをしておいたのだった。

「――もうじき着きます」

と、運転手が言った。「裏手の方へつけますので」

「正門じゃないんですか」

「そういうご指示でしたので」

亜希は座り直した。

車の窓から、様々な幾何学的な形をしたパビリオンが見えている。――すばらしい天気で、中央の銀色のドームがまぶしく光を反射していた。

しかし、同時に警戒も大変なものだった。

首相が来るというので、当然のことではあろうが、莫大《ばくだい》な数の警官が、道の両側を埋めている。

車は、会場の裏手へと回って、広い駐車場を抜けて、建物の一つの前に停った。

ドアを開けてくれたのは、前にも会ったことのある、首相の秘書だった。

「こちらへどうぞ」

案内されて、変哲のないプレハブの建物の中に入る。

制服姿のコンパニオンが、緊張した様子で頭を下げた。

「首相は少し遅れてみえます。こちらでお待ち下さい」

と、ドアの一つを開ける。

平凡な応接間という印象だった。ソファやテーブルはもちろん新しい。

そして、びっくりしたのは、父と母がそこに座っていたことである。

「――何してるの」

と、亜希は言った。

「ご招待いただいてね」

と、父が言った。「お断りもできないじゃないか」

「どうして黙ってたの？」

「話す時間がないじゃないの。お前、いつも早く寝てしまうし」

と、母が言った。

何か言い返したいと思ったが、やめておいた。

招待された、というが、母が永沢をつついて、招待してくれるように頼んだのだろう、と思った。そうまで勘ぐってはいけないのかもしれないが、今の母は、〈G5〉の幹部のころに戻ってしまっている。

いや、あのころはまだ、「永沢のため」という部分があったはずだが、今の母は、もっと乾いて、冷たくさえなって来ている、と亜希には感じられた。

父がまた、そんな母を認めるようになって来ているから、母にブレーキをかける人は誰もいない。

変った、と人から言われるのは亜希だが、実際に大きく変ったのは、父と母の方だ。

そして、その変り方は、もう決して元に戻ることのない変り方だったのだ……。

亜希は黙って座った。――首相がやって来て、父と母が緊張に顔をこわばらせながら、挨拶する。

そんな光景が今から目の前に浮かぶ。

「お前も大したもんだ」

父が、亜希のご機嫌をとるように言った。腹が立つ。

「そうね。首相に気に入られたら、愛人にでもしてもらおうかしら」

「お前は……」

と、母が苦笑する。

「今日だって、この後、二人で食事しようって誘われてるのよ。公式行事じゃないわ」

「だからって――」

「肘鉄《ひじてつ》食らわすのも面白いかもね」

時間が過ぎて行った。

ドアが開くと、永沢が顔を出した。

「待たせて悪かったね。――直接会場へ行かれるってことなんだ。案内するよ」

永沢は、両親の方へ向って、「どうも」

と、少しぎごちなく会釈した。

「ご一緒に。大して遠くありませんから」

――亜希は、用意してくれていた、いやに可愛いスーツ。父は三つ揃いが窮屈そうで、母は、亜希が少々顔を赤らめてしまうような、派手な柄のドレスを着ていた。

永沢と一緒に、建物を出ると、亜希はチラッと後ろの両親の方へ目をやった。

「他人みたいな顔してよう」

「いいじゃないか。喜んでらっしゃる」

華やかな日射しだった。少し風はあったが、困るほどでもない。

「――中をさっき見て回ったが、足が疲れるよ」

と、永沢が言った。「首相の安全を確認しないとね」

確かに、そうだ。こんな会場では、誰が入って来るか分らないのだから。

「――例の日比野見帆たちが、一人一人、単独で姿を消してるんだ。気になるよ」

「そう？」

「君だって狙われたんだ。――友だちってのも怖いもんさ」

「友だちだって、親子だって、裏切れば他人だわ」

永沢は、ちょっと眉を上げて肯いた。

「それは真理だね」

ブラスバンドのマーチが勢いよく聞こえて来た。

風船がいくつか空へ飛び上って、風に流されて行く。

花火が、ドン、と鳴って、永沢は空をまぶしげに見上げた。

白い煙が散って行くところだった。

「あの音を聞くと、ドキッとするな。銃声かと思って」

——見帆。

ここへ来ているだろうか？

ここにあなたの標的がいるわ。——亜希は、見たこともない、タキシード姿の老人たちに迎えられて、笑顔を作るのに苦労しなくてはならなかった。

30　銃撃

首相の到着は、三十分ほど遅れた。

もちろん、その間、式典は始まらない。

壇上の老人たちも、ブラスバンドの少年少女も、SPも、みんながストップモーションをかけたフィルムみたいに、じっとして、主役の到着を待ちわびていた。

亜希は、たぶんその中で、一番キョロキョロと、もの珍しげに周囲を見回している一人だったろう。——何も、緊張するほどのことはない。

昼食を——そして、たぶんその後の「何か」に誘われたことで、首相もまた、亜希にとっては、ただの当り前の男になっていた。

亜希は、一列後ろに座っている父と母の方へ、チラッと目をやって、苦笑した。

あのコチコチに固くなってる様子は、どうだろう。

こんな状況を作り出したのは、亜希自身だったかもしれない。しかし、それにどっぷりとつかったのは、本人たちの意志なのだ。

父も母も、もう亜希にとっては他人だった。そう考えるのは、辛くないことはなかった。

しかし、認めなくてはならない、事実だった。

永沢が、足音をたてないようにして亜希の所へやって来た。

「ちょっと、いいかい」

「ええ。腰が痛くなってたところ」

亜希は、折りたたみ式の、あまり座りやすいとは言えない椅子から立ち上った。

永沢について、開会式用の特設ステージの裏手に回って行く。

「何？　こんな所で、キスでもするの？」

と、亜希は言ってやった。

「おいおい」

永沢は苦笑した。「君は今や大物だ。僕には手が出せないよ」

「首相のお気に入りってわけか」

と、亜希は肩をすくめた。

「まあ、そういうことだね」

永沢は、ちょっと周囲へ目をやると、「首相は君と午後、一時間ほど過したい、とおっしゃってる」

「どこのラブホテルで？」

「そんな所へ入れやしないさ。首相の個人的なマンションがある。式典の後、本当は全部、この会場を見て回り、それから、この〈N博〉の主催者と昼食ってことなんだが……」

「それをはしょるの？」

「国事のためにね。パビリオンは半分ほど見て、首相は脱出する」

「私も？」

「問題は君だ。一緒に出て、万が一、マスコミの目に触れると困る。君は別に会場を出て、マンションで首相と落ち合う、ということになる」

「なるほどね」

「僕が君を連れ出す。うまくタイミングを見てね。君も今はマスコミの注目を集めているんだ。うまく行動してくれ」

亜希には、何とも言えなかった。あまりにも馬鹿げてる！

「これを付けてくれ」

　永沢は、ポケットから、特殊な色のカードを出すと、亜希の胸に付けた。

「これは？」

「SP用だ。これを付けていれば、どこでもフリーパスで出入りできる。任務に忠実な警備員が君を通してくれないと、困るのでね」

　亜希は、永沢に訊いてやろうと思っていた。

　——もし、首相を振ったら？

　亜希はその気だった。——一人の男としてなら、それなりに段階というものをへて、恋人になるだろう。

　しかし、「力」で女を従えられる、と思うくらい、下品で、やり切れないものはない。

　たとえ相手が誰だろうと、いやなものはいやだ！

　亜希は、見帆のこと、大高のことだけでなく、父や母を変えてしまったものへの怒りを、首相に向ってぶつけていたのかもしれなかった……。

　しかし、亜希が何も言わない内に、ステージの方がどよめいた。

「首相だな」

と、永沢が言った。「さ、席に戻ってくれよ」

「分ったわ」

　ステージに戻り、自分の席についた亜希は、またすぐに立ち上らなくてはならなくなった。

首相がステージへと上って来たからである……。

首相の挨拶は、いかにも秘書の作文で、面白くも何ともないものだった。

亜希は欠伸《あくび》が出そうになるのを、こらえるのに苦労した。

テープカット。——この日のためだけに用意された、特大のハサミ。

首相は、それを手渡されて、

「ちょっと重いね」

と、楽しげに言った。「誰かに手伝ってもらおう。——一番若い人に」

亜希を呼びたかったのだ。喜ぶだろう、と思ったのかもしれない。

永沢が肯いて見せる。ここで拒むわけにもいかなかった。

亜希は、首相のそばへと歩み寄った。

カメラマンが、一体何百人いるだろう？

「——ちょっと待って下さい」

と、会場の責任者があわててやって来た。

「申し訳ありません。風船の手配が——」

「分った。合図してくれ」

と、首相は言った。

二人で、大きなハサミを持っているところを、カメラの無数の目が捉《とら》えている。——亜希も、以前なら、頬を上気させたかもしれないが、今は、さめ、しらけるばかりだった。不思議に、死んだ弟のことが、思い出される。——父も母も、遠い存在となり、今は亡い秀治が、亜希には一番身近に感じられたのである……。

「疲れるね」

と、首相は苦笑した。

このハサミ……。こっけいな大きさ、そして金メッキした、悪趣味な派手やかさ。実際には何の役にも立たない。ただ、一回このテープを切るためだけのハサミ。

亜希は、それがまるで自分のようだ、と思った。

真面目に役割を果そうとするほど、グロテスクで、笑ってしまう。

これが今の世の中かもしれない。——役に立たないものを、大真面目でありがたがっているのだ。本当の価値が、どこにあるのか、誰も知らない……。

「——お待たせしました」

と、責任者が汗をかきながら、駆け戻って来る。「どうぞ、お願いいたします」

「じゃ、やるか。——すぐ切らないで。カメラマンがとるまでね」

「私、せっかちなんです」

と、亜希は言った。

まるで、ウエディングケーキに二人でナイフを入れるようだ、と思った。

ハサミの刃が、金色のリボンをくわえる。カメラマンたちが一斉にシャッターを切る音がした。まるで滝のような音だ。

「——さて、いいかな」

首相が亜希を見た。「君が力を入れてくれ」

亜希は、ぐっと力をこめた。

あっさりと、リボンは切れて落ちた。——拍手が起り、風船が何百と空へ舞い上り、ブラスバンドが演奏を始める。

亜希は笑いたくなった。——これがセレモニーってものなのだ！

「ありがとう」

首相が亜希の手を握った。

その力のこめ方に、亜希は「ある意味」を感じた。

「——ご案内申し上げます」

と、一番年寄りの、足もとの覚束《おぼつか》ない感じの老人がやって来て、頭を下げた。

「その前に」

と、亜希は、とっさに思い付いて、「父と母を紹介させて下さい」

「ああ、いいとも。お会いしたいと思っていたんだ」

決められた手順を狂わすことが、面白かったのである。

亜希は、

「ねえ、来て。——早く」

と、わざと大げさに手を振って見せた。

父と母が、こわばった顔でやって来る。

「両親です」

「やあ、これはどうも」

首相はにこやかに会釈した。「すてきな娘さんをお持ちでお幸せですな」

父は言葉もなく、直立不動。

「お母様は、〈G5〉で大活躍されたとかうかがっていますよ」

「恐れ入ります。過ぎたお言葉で」

母の方が、ずっと度胸がいい。

「これからも、頑張って下さい」

首相が手を差し出すと、父は、震える手で、握手をした。

亜希は、愉快で、そして哀しく、そんな父の様子を見ていた……。

パビリオンは、どこも似たようなもので、別に首相でなくても、途中から逃げ出したくなっただろう。

案内する係の人間にとっては、何か月も前から練習し、必死で暗記したセリフなのだろうが、もちろん、首相も誰も、ろくに聞いてはいないのである。

「――いや、大変興味深いものだ」

と、首相は肯いて言った。

言いかえれば、「退屈で、何だか分らない」ということである。

自動車メーカーのパビリオンへ来て、初めて亜希は少し目をみはった。

中身はともかく、デザインだけは正に未来の車が、ズラッと並んでいる。

「いや、すばらしいね」

と、首相も、やっと分るものに出くわしてホッとしている。

車ごとに、若い女性が立って首相を迎えている。――もちろん、他にも大勢の女性が、パビリオンの中を、埋めていて、花が咲き誇っているかのようだった。

――亜希が、ふと何かを感じたのは、その時だった。

誰かが――誰かがこっちを見ている。

視線を感じた。そして、その時には、誰が見ているのか、分っていた。

見帆。――どこにいるの？

亜希は、わざと少し首相から遅れた。人の塊が、首相につれて移動して行く。

亜希は、一台の車に心ひかれたようなふりをして、立ち止って眺めていた。

見帆……。私を撃つのなら、まだ早すぎる。殺されるわよ。

あんまり離れて行動することもできない。亜希は、また歩き出した。いつの間にか、父がそばを歩いていた。

「いや、さっきは緊張したよ」

と、父は言った。「お前が突然呼ぶから」

「悪かった？」

「いや、そんなことはない。——いい思い出さ」

思い出、ね。——亜希は、

「ね、お父さん、秀治のこと、思い出すことって、ある？」

と、訊いた。

「何だ、突然」

「訊いてるのよ。——もう忘れた？」

「忘れるわけがないだろう」

「そうかしら」

亜希の言い方に、明らかな非難を聞きとって、父は当惑していた。

「やあ」

永沢が、近寄って来た。

「そろそろ？」

と、亜希が訊いた時、父がピタリと足を止めた。

「おい」

と、父が言った。「あれ、お前の友だちじゃないのか」

見帆！　亜希は振り向いた。

見帆が、真赤な制服を着て、車のそばに立っていたのだ。

「危いぞ！」

と、永沢が動いた。

「馬鹿！」

亜希は父を突き飛ばした。「この馬鹿！」

駆け出しながら、

「見帆！　逃げて！」

と、叫んでいた。

見帆が、車をのせたステージから飛び下りる。

「待て！」

と、永沢が叫ぶ。

手に拳銃があった。見帆は、細い通路を、奥に向って駆け出している。

永沢は追おうとしなかった。初めから、射殺する気だ。

そして見帆は、とても逃げ切れるタイミングではなかった。

亜希は、見帆を追った。

「危いぞ！　どけ！」

と、永沢が叫ぶ。

亜希は、見帆を追いながら、わざと少し横へ外れた。駆けながら振り向く。

永沢が見帆の背に狙いをつける。引金を引く。

その瞬間、亜希は見帆と永沢の間に飛び込んだ。

銃声がパビリオンの中に響きわたった。

31　友

「亜希……。亜希」

遠く呼ぶ声がする。

亜希は、意識を失っているのではなかった。はっきりと、憶えていた。どうして自分がここにいるのか。そして、見帆が亜希の頭を、膝《ひざ》の上にのせて、見下ろしているのも、よく分っていた。

ただ、それでいて、見帆の声は時々、遠ざかったり、近寄ったりするのだった……。

「見帆。――けがしてない？」

と、亜希は言った。

「私はね。でも、亜希……。どうしてあんなこと……」

「しっ」

と、亜希は言った。

二人の頭上を、足音があわただしく、駆け抜けて行った。

「にぎやかだね」

と、亜希は言った。

二人が隠れているのは、パビリオンをつなぐ通路の下だった。外からも見えず、通路は細かい網目のようになっていて、時折、ごみが落ちて来た。

「――見帆、凄いじゃないの。見帆一人のために、あんなに大騒ぎしてる」

と、亜希は言った。「見帆……。どうしたの」

見帆が泣いていたのだ。

「こんなことに……。亜希がこんなことになるなんて……」

「やだ。泣かないで」

亜希は、ちょっと笑った。「――見帆に撃たれたんじゃないもの」

「亜希。――出血。ひどいよ。今、人を呼んで来るから」

「だめ！　見帆、捕まるよ」

「いい。亜希を放《ほ》っとけない」

「誰も、放っとけなんて言わない」

と、亜希は首を振った。「私は首相の友人よ。大丈夫、日本で最高の治療を受けられるわ」

「でも、急いで――」

「心配しなくても大丈夫」

と、亜希は、そっと手をのばして、見帆の頬に触れた。「柔らかいね。赤ん坊みたいに……」

「すぐ手当しなきゃ」

「見帆が逃げてから」

「無理よ。とても出られない」

と、見帆は首を振った。「どうせ、生きて出るつもりじゃなかったの」

「何言ってるのよ！」

　亜希は、しっかりと見帆の肩をつかんだ。「見帆には、することがあるでしょう。まだ、生きて、逃げて、やりとげなきゃいけないことがあるでしょう」

「亜希――」

「諦めるなんて、見帆に一番似合わないよ……」

　亜希は、胸のカードを外した。「これをつけて。その制服はやめた方がいいかもしれないけど」

「これは？」

「SP用のカード。どこからでも出られるって。――ね、これがありゃ、逃げられるよ」

　見帆は、涙を拭った。

「分ったわ」

「ね。頑張って。――私は、堕落したけど、その分も」

「堕落だなんて、亜希。――一番の親友よ」

「本当に？　そう思う？　本当に？」

「うん」

　亜希の目に涙が熱くたまった。

「――早く行って」

と、亜希は言った。「見帆が行ったら、ここで大声を出すわ。すぐ見付けてくれるから、大丈夫」

「そうね。──じゃ、亜希」

見帆が、亜希の手をしっかりと握る。その熱いほどの力強さを、亜希は感じとった。

「見帆。大高さんのことだけど──」

と、亜希は言った。

「うん」

「あの時……。私もね、大高さんが好きだったのよ」

と、亜希は言った。

「知ってる」

「見帆に悪いと思ってたけど……。どうしようもなかったの」

「うん。分ってる」

「あの時ね……私、大高さんに抱いてほしかった。でも、大高さんは拒んだの。もうこれで終りだ、って。──見帆のこと、愛してたんだよね」

「亜希……」

「私、カッとなって──。馬鹿だからさ、私。先のこと考えないで、あんなことしちゃったんだ。後で、見帆に悪くて、大高さんにもすまなくて、泣いたんだ。本当だよ」

「亜希。——もういいの」

「良くないよ。私があの人を殺したんだから……」

「あの時、助かってても、同じだったわよ、きっと。——私にはね、亜希が一番大事」

「男より？」

「男なんか、どうでもいい！」

二人は、ちょっと笑った。

「でもさ、見帆」

「うん？」

「大高さんって、すてきだった」

「——そうね」

「いい人だったね」

「そうね」

見帆は、亜希の頭をかかえて、額と額を、そっとくっつけた。

「——亜希。すぐ人を呼んでね」

「うん。私だって、まだ死にたくないもん」

「そうだよね」

「まだこれからよ。恋も、結婚も、離婚も」

「別れることまで考えてるの？」

「保険に入るんだ。慰謝料とれるように」

二人の頭上を、また足音が駆け抜ける。

——静かになると、見帆は、ゆっくりと立ち上った。

「じゃ……。行くよ」

「気を付けて」

「亜希もね」

見帆が、側板をそっと外して、出て行く。チラッと振り向いて、微笑んで見せると、たちまち姿を消した。

側板を半ば外したままにして行ったのは、亜希が早く見付かるように、という気持だったろう。

亜希は、そっと地面に横たわった。上を向くと、埃《ほこり》が落ちて来そうで、少し体を横にして、息をついた。

撃たれた瞬間の、直接火を当てられたような苦痛は、もうなかった。——出血がひどいことは、分っていた。

次第に頭が重くなり、体がだるく、眠いような気分になっていた。

見帆……。

亜希は、嬉しかった。大高をなぜ売ったか、見帆は苦しんでいたに違いないのだ。でも、あれで見帆の中の大高は、いつまでも美しい姿のままでいるだろう……。そして、亜希は亜希で、大高への償《つぐな》いをしなくてはならなかった。それは、見帆とは何の関係もない、亜希自身の問題だった。

このまま……。そう、じっとしていれば、やがて意識が薄れて行く。

見帆が逃げるまでには、何分かかかるだろう。亜希は、自分から人を呼ぶつもりはなかった。

誰かが見付けるかもしれないが、もしかしたら、見付けないかもしれない。

どっちでもいいことだ。どうせ、大したことじゃないのだ……。

頭上で、誰かが足を止め、話しているのが聞こえた。

「――必ずこの会場の中にいるんだ」

永沢の声だった。「逃がすな！　逃げられたら、こっちのクビが飛ぶぞ」

亜希は笑ってやりたくなった。

永沢さん。お気の毒だけど、あんたはクビね。――きっと、どこかの事務にでも回されて、停年になるまで、伝票や書類に埋れて暮すんだ。

母とも会えなくなるだろう。

私は――秀治に会いに行く。二人でゆっくり、おしゃべりでもしよう。

秀治に、最近の芸能人の情報を教えてやって……。誰か、可愛い子のサインでも、もらっておけば良かったね。

秀治。——おやすみ、秀治。


全く、どうも……。

お悔みの言葉が、宮原一馬の耳を、素通りして行く。

誰なんだ。馬鹿げたことを言ってるのは。

お気の毒で……。気の毒なら、なぜ泣かないんだ。

宮原は、自分も泣いていないことに、気付いていた。

写真の中では、亜希が笑っている。——あの子が笑っているのに、どうして俺が泣ける？　そうとも。俺は泣いちゃいけないのだ。

泣くとすれば、自分のあまりの情なさ、愚かさを泣くべきなのだ。

最後に自分を見た、亜希の厳しい目を、宮原は忘れることができなかった。——今になって、あの時の亜希の気持が分る。

秀治のことを憶えているか、と訊いた、娘の気持が。

それを、言ってやることは、もうできないのだ……。

「——どうも」

と、誰かが、頭を下げた。

見たことのない奴だ。——いや、そうじゃないのかな？

「本日、首相はおいでになれませんので、私が代りにうかがいました」

若い男だった。——宮原は、じっとその男を見つめて、

「お引き取り下さい」

と、言った。

「は？」

「首相にお悔みを言っていただいても、何の役にも立ちません。どうぞ、お引き取り下さい」

「あなた——」

と、朱実が少しあわてたように、「せっかくおいで下さったのに——」

「お前は、まだ目が覚めないのか」

と、宮原は妻を見つめた。「まだ分らないのか。亜希がなぜ死んだのか」

朱実は、顔を赤らめ、目を伏せた。

宮原は、もう、妻が戻っては来ない所へ行ってしまったのだと感じた。娘の死も、妻の中の価値観を変えることはなかった。

亜希。——お前が一人で苦しんでいたことを、どうして親の俺には分らなかったのだろ

う?

「永沢は来ないな」

と、宮原は言った。「さすがに、少しは恥を知ってるらしい」

朱実は、何も言わなかった。——もちろん、娘の死を悲しんではいるのだ。しかし、それもまた、一つの「手続き」にすぎなくなってしまっているのだ……。

「——失礼します」

と、近所の主婦が、宮原の肩を叩いた。「お電話が」

「ありがとう」

家の奥へ行って、宮原は電話に出た。

「宮原ですが」

「——お父様ですか」

沈んだ声が、伝わって来た。

「君……。見帆君だね」

宮原は、ちょっと周囲を見回した。

「亜希のこと……。本当に、すみません」

「君は、謝らなくていいんだよ。亜希は君の友だちだった。——亜希に謝るのは、私たちの方だよ」

「でも――」

「親は、自分の子供を、傷つけて平気でいることがあるんだ。まるで、それが必要悪だとでもいうようにね。しかし、本当はそうじゃない。ただ、親が、親としての義務を忘れているだけのことなんだ」

宮原は、息をついて、「電話をくれてありがとう。どんな弔辞よりも、あいつは喜んだだろう」

と、言った。

「どうか――お元気で」

と、見帆が言った。

「君もね。私で力になれることがあったら、言ってくれ」

「はい」

見帆が、少し明るい声になって、言った。

――亜希が、あんな声で「はい」と答えたことはあっただろうか？

宮原は、葬儀の席に戻った。

「あなた。――どなたから？」

と、朱実が訊く。

「うむ？　電話か？」

宮原は、亜希の写真を見上げた。

胸の奥から——いや、もっともっと深いところから、烈《はげ》しくふき上げるものがあった。

悲しみでも怒りでもなく、また、その全部でもあるような何かだった。

「亜希を愛してた人からさ」

と、宮原は言った。「たった一人、生きている亜希を、分っていた人からだ」

不思議に、悲しみは消えたのに、一筋の涙が宮原の頰を伝い落ちて行った。

解説

山前　譲

一九九〇年十月に新潮社より刊行されたこの『密告の正午』は、数多い赤川作品のなかでもとりわけ刺激的な長編小説と言えるだろう。それは今なお日本社会が抱えている問題を、複合的に組み合わせた物語だからである。

キーワードがいくつかある。まずは〈家族〉だ。

物語のメインキャラクターである宮原亜希《みやはらあき》は十九歳、東京の私立N大学に在学中である。彼女のキャンパスライフは、まだ夏の空気が漂っている九月半ばに幕を開けている。といっても勉強の話はあまりなく、学生食堂での中学のころからの友人である日比野見帆《ひびのみほ》とのたわいもない恋愛話が、いかにも青春という感じだ。その彼女のキャンパスライフに、この長編の結末への大きな伏線がある。

亜希の母の朱実《あけみ》は娘に負けず劣らず重要なキャラクターと言えるかもしれない。〈G5〉

と呼ばれている組織の役員の一人だ。その団体はいわば町の自警団のようなもので、区をいくつかのブロックに分けているのだが、〝散弾銃で、家の人間を皆殺しにして行く強盗というのが、このところ、五、六件も続いて起きている〟ので、存在価値が高まっていた。その集まりに出かけることが多くなった朱実である。

父の一馬《かずま》は大阪に単身赴任中だ。もう東京の自宅にはあまり帰ってこないし、朱実が電話をかけている気配もない。だから物語の前半では姿を見せないが、やがて東京の本社に戻って重要なキャラクターとなっていく。

家族の絆が失われていく宮原家にショッキングなことが起こった。弟の秀治《しゅうじ》は高校二年生で、サッカー部に所属していたが、練習中、ゴールに強く頭を打ちつけて、命を失ってしまったのだ。その経緯もまた、物語の根幹に関わっている。サッカー部の顧問の長沼は、高校生には過酷な訓練を強いていた。そして下級生をかばった秀治を殴りつけて、それが原因で死に至ったのである。

家族は人間関係において大きな意味を持っているから、小説においても繰り返しテーマとなってきた。赤川作品では、『裏口は開いていますか?』（一九八一）、『真実の瞬間』（一九八四）、『たとえば風が』（一九八四）、『くちづけ』（一九九七）、『明日《あした》に手紙を』（一九九八）、『帰るには遠すぎて』（二〇〇二）、『悲劇のヒロイン』（二〇〇六）、『天国と地獄』（二〇〇八）、『台風の目の少女たち』（二〇一二）といった長編で、家族のありように視線が向けられていた。

とりわけ波乱に満ちた家族が描かれているのは、十五歳、中学三年生からスタートして一年に一作書き継がれてきた杉原爽香《すぎはらさやか》のシリーズである。それぞれの作品には当然ながらさまざまな家族が登場しているが、爽香が成長していくなかで、杉原家はさまざまなトラブルに直面するのだった。父や兄の死が彼女を苦しめている。そして困難を乗り越えて結婚し、娘を出産してからは、自分の家族のことを優先したいのに、なかなかそれが叶わないことに心痛める爽香だ。

もっとも、泥棒、殺し屋、詐欺師、警官、弁護士という五人家族の早川家の面々を主人公にした『ひまつぶしの殺人』（一九七八）に始まるシリーズや、連作『家族カタログ』（一九九五）のように、ユーモアたっぷりの作品もあるのが赤川作品の魅力のひとつだろう。

つづくテーマは〈友情と恋愛〉だ。これもまた数々の作品に描かれてきたものだが、その葛藤が亜希をしだいに追い詰めていく。

亜希は見帆からボーイフレンドの大高雄治《おおたかゆうじ》を紹介される。サークルの先輩だという。その大高は政府からすると「要注意人物」だった。何かしたわけではないのに、内ゲバに関係したと手配され、潜伏生活に入る。その大高から危険なものを預かり、刑事に見張られている見帆に替わってサポートをするようになった亜希は、彼にしだいに惹かれていくのだった。友情と恋愛のどちらを優先するのか。

恋愛のトラブルは青春小説に付きものと言っていいかもしれない。そして赤川作品には、『昼と夜の殺意』（一九八三）、『ロマンティック』（一九八六）、『哀愁時代』（一九八八）、『影に恋して』（一九九六）など、恋愛模様が織り込まれたものが多数ある。ただ、この『密告の正午』がちょっと違ったテイストになっているのは、第三のテーマである〈監視社会〉が絡んでいるからだ。

亜希と見帆が寛《くつろ》いでいた学生食堂に、五、六人の制服警官と二人の私服刑事が入ってきたり、政府の研究依頼をはねつけた教授がスパイ容疑で逮捕されたりと、キャンパスに暗雲が立ちこめる。

母が熱心に活動している〈G5〉というのは、何だかよく分からないが、Gというのはガードのだろうと亜希は解釈していた。その集まりに顧問としてやって来ているのが、大学にも現れ、弟の葬儀にも姿を見せた公安の永沢《ながさわ》刑事だ。やがて班の代表となった母は、〝新しい公安条例の制定を市民の立場から推進して行くのに必要〟だからと、署名活動を始める。

交番が焼き打ちされ、警官が二人、殉職した。取り締まりを厳しくすることになり、ますます張り切る〈G5〉の朱実だ。そして大高は、「マスコミは何でも、警察の発表した通りを、そのまま流す。その気になりゃ、公安事件なんて、いくらでもでっち上げられるよ」と憤るのだった。

原子力発電に反対するグループに入っていたサラリーマンが、突然クビになる。せいぜい反原発のパンフレット作りをやっていたぐらいだったのに、電力会社がわざわざ勤務先に知らせてきたのだ。反体制の活動家だといって――。

フィクションとはいえ現実世界の暗部や権力の醜聞をリアルに描いた赤川作品には、『プロメテウスの乙女』（一九八二）、『駆け込み団地の黄昏《たそがれ》』（一九九三）、『眠れない町』（二〇〇一）、〈闇からの声〉シリーズの『悪夢の果て』（二〇〇三）と『教室の正義』（二〇〇六）、『さすらい』（二〇〇四）、吉川英治文学賞受賞作の『東京零年』（二〇一五）、『余白の迷路』（二〇二三）、『暗殺』（二〇二四）などがある。また、『イマジネーション』（二〇〇四）、『大人なんかこわくない』（二〇〇四）、『三毛猫ホームズの遠眼鏡』（二〇一五）といったエッセイ書でも現代日本の方向性に疑問を投げかけてきた。

次のキーワードはやはり〈大学〉だ。

交番の焼き打ち事件の後、〝大学生の活動家は、何もしていなくても、「破壊活動の予防」の名目で次々に摘発されて、大学も即時に退学扱い〟となってしまうため、キャンパスから活気が失われてしまう。

そして何よりも示唆に富むのは、終盤でのこんな亜希の思いだ。

確かに、大学は死んでいる。——亜希は久しぶりにやって来て、肌に感じた。呼吸が感じられない。自由の喜びとか、開放されている空間とか……。

大学が大学であるためのものが、今はすべて失われてしまった。

企業の資金で研究をするのが当り前になり、その点で理工系が幅をきかせて、文科系は単なる卒業証書の発行機となってしまった……。

学問の自由、独創性豊かな発表、表現。

そんなものはどれも時代遅れで、今の大学は企業のための研修所と化してしまっているのだ。

二〇〇三年に国立大学法人法が施行された。運営費交付金が年々削られ、外部からの資金調達が必要になっていく。理工系ではますます経済的にすぐ反映できる研究に注力されているようだ。もちろん私立大学も運営の苦労は同じである。職員の雇用問題もたびたび報じられている。学び舎《まなや》としての役目を大学はどう果たしていくのか。課題は山積だろう。

そしてもちろん一番大事なキーワードは〈密告〉である。

権力を手にしたものは、その権力が失われることを一番恐れるに違いない。政治への批判や日常生活での不満をいかに抑えるか。圧力をかけるためには密告がやはり有効かもしれない。そして亜希もまた、密告から逃れられないのだ。いつしか権力と接近してしまった彼女の苦悩が、しだいにメインテーマとなっていく。そして衝撃的な結末……。『密告の正午』のテーマは深く心に刻まれるに違いない。

（やままえ　ゆずる・推理小説研究家）

『密告の正午』　一九九二年十一月　新潮文庫

中公文庫

密告《みっこく》の正午《しょうご》

2025年1月25日　初版発行

著　者　赤川《あかがわ》 次郎《じろう》

発行者　安部 順一

発行所　中央公論新社

〒100-8152　東京都千代田区大手町1-7-1
電話　販売 03-5299-1730　編集 03-5299-1890
URL https://www.chuko.co.jp/

ＤＴＰ　ハンズ・ミケ
印　刷　大日本印刷
製　本　大日本印刷

Published by CHUOKORON-SHINSHA, INC.
Printed in Japan　ISBN978-4-12-207598-6 C1193

定価はカバーに表示してあります。落丁本・乱丁本はお手数ですが小社販売部宛お送り下さい。送料小社負担にてお取り替えいたします。

中公文庫既刊より

あ-10-9 **終電へ三〇歩** 赤川次郎

リストラされた係長、夫の暴力に悩む主婦、駆け落ちした高校生カップル……。駅前ですれ違った他人同士の思惑が絡んで転がって、事件が起きる！

205913-9

あ-10-10 **静かなる良人 新装版** 赤川次郎

浮気をして家へ帰ると夫は血まみれで倒れていた。犯人探しにのりだした妻の千草は、生前気づかなかった夫の思いがけない一面を知る……。〈解説〉山前　譲

206807-0

あ-10-11 **迷子の眠り姫 新装版** 赤川次郎

クラス対抗リレーの練習に出かけた昼下がり、誰かに川に突き落とされた高校生の笹倉里加。病院で目を覚ました彼女に不思議な力が！〈解説〉山前　譲

206846-9

あ-10-15 **招かれた女** 赤川次郎

解決済みの女学生殺人事件の犯人が野放しになっていた。真犯人の似顔絵を探し始めた人々が命を狙われて——。傑作サスペンス・ミステリー。〈解説〉山前　譲

207039-4

あ-10-16 **裁かれた女** 赤川次郎

亡き父の秘密を探り無垢な子どもを狙うのは、闇に葬った罪を知る人？『招かれた女』から15年、さらに謎が深まるサスペンス・ミステリー続編。〈解説〉山前　譲

207107-0

あ-10-17 **め ざ め** 赤川次郎

両親を惨殺された11歳の美沙は心を閉ざしてしまう。娘を救うため、〝母〟の願いが奇跡を起こす。親子の絆と再生を描く感動の長編小説。〈解説〉山前　譲

207332-6

あ-10-18 **遅刻して来た幽霊** 赤川次郎

上司の葬儀に自殺した新入社員の幽霊が——⁉　連続死の謎を女子社員が追う。予測不能な展開、心揺さぶる秘密。恐怖の後に温もりが残る傑作六篇。〈解説〉山前　譲

207491-0

各書目の下段の数字はＩＳＢＮコードです。978－4－12が省略してあります。